Anneliese Kreiseder

An meine geliebte Kate

Eine Geschichte über
die wahre und ewige Liebe

Für alle, die auf der Suche nach der wahren Liebe sind,
und auch jene, die sie schon gefunden haben

Verlag und Herstellung: BoD – Books on Demand, Norderstedt
ISBN 9783752888720
2. überarbeitete Auflage
Cover- und Autorinnenfoto: Manuela Vielhaber, Grünau

Vorwort der Autorin

Diese Geschichte soll erzählen, wie sich Liebe bzw. die Suche danach oder auch einfach nur der Glaube daran auswirken kann. Synchron zueinander wachsen zwei Menschen: ein liebestrunkener Universitätsprofessor, der glaubt, seinen zweiten Frühling in einem jungen, schönen Societymädchen gefunden zu haben, das aufbricht, um sich selbst zu suchen und ihren Platz im Leben zu finden.

Der Professor ist ihr Nachbar und hat den größten Verlust seines Lebens erfahren. Er hat seine Frau verloren und findet neue Liebe in seiner schönen Nachbarin, die sich wechselnden Männergeschichten hingibt und immer wieder ihre Persönlichkeit neu erfindet, auf der Suche nach sich selbst.

Es werden zwei Geschichten erzählt: die jener jungen Schönheit und die jenes alternden Professors. Werden sie einander finden? Wird die Liebe erfüllt? Es folgt eine spannende Reise auf der Suche nach der großen Liebe, einer neuen Chance und sich selbst.

Was sich am Ende findet, bleibt eine Überraschung. Ich wünsche den Lesern und Leserinnen eine spannende Reise und vielleicht erkennt sich manch einer ein wenig selbst wieder. Jeder ist auf der Suche nach etwas. Ob man das Entsprechende findet, ist Glück, Vorsehung, Engagement oder auch manchmal nur ein Perspektivenwechsel.

Vielleicht findet sich im Ende ein kleiner Denkanstoß über die ganze Geschichte, wobei ich hier kurz anmerken möchte, dass die Handlung, der Verlauf und die Hauptpersonen frei erfunden sind. Etwaige Ähnlichkeiten mit lebenden Personen sind Zufall und ich hoffe, dass sich diese Geschichte nicht in einem richtigen Leben wiederfinden wird.

Ein Dankeschön möchte ich hier bereits meiner Familie aussprechen, die immer zu mir gehalten hat, in guten und schlechten Tagen, ob ich gerade auf der Suche nach dem Glück war oder auch mal nur ein paar Tage im Kreise meiner Lieben verbringen durfte, und auch meinen Freunden, die mich immer wieder ermutigt haben, ins Leben zu springen und weiterzureisen.

Prolog

Zeit des Neuanfangs

Dies ist eine wahre Geschichte, die Geschichte einer unendlichen Liebe, wahrhaftiger Leidenschaft. Der Anfang ist wie das Ende nur ein Teil des Lebens. Was wirklich wichtig ist, ist das Dazwischen.

Woher soll man Liebe kennen, ohne sie gelebt zu haben? Die großen Dichter unserer Geschichte hatten ihre Musen. Erst wenn man eine Muse erblickt hat, weiß man, wofür es sich zu leben lohnt. Diese zarten Geschöpfe sind eine Mischung aus einer Waldfee und einer Elfe. Ihre Wahrhaftigkeit ist so zart wie ihre Erscheinung. Ich hatte Glück. Zweimal in meinem Leben wurde mir die Begegnung mit einer Muse zuteil. Es wirkt, als wären sie direkt von Gott gesandt worden, um mir meinen Tag zu erhellen, um ein neues Licht in mein verlorenes Leben zu werfen.

Diese jugendliche Anmut, diese Grazie, diese Erscheinung. Es fällt mir schwer, mit Worten meine Begegnungen mit diesen Geschöpfen zu beschreiben. In einer idyllischen Umgebung sind sie mir begegnet. Es schien, als wollten sie tanzen, und sie lachten so hell wie eine Vogelstimme. Diese Anziehungskraft! Mein Geist wurde schwach, ich konnte mich nicht entziehen.

Diese Kraft, woher sie auch gekommen war, sie war unbändig und fesselte mich. Mein Herz sprang und ich wusste sofort, das muss Liebe sein. Der erste Blick, das erste Lachen, eine kleine Haarsträhne im Gesicht, in diesem wunderbaren Gesicht. Ich konnte den Blick nicht abwenden. Es war um mich geschehen. Ich wusste, mein Herz ward von diesem Moment an gestohlen, von diesem Wesen so schön, dass es nicht von dieser Welt sein konnte. Der Klang dieser Stimme. Ich höre sie morgens, wenn ich aufstehe, ich höre sie nachts, wenn ich schlafen gehe. Sie summt mich leise in den Schlaf. Ich träume von meiner Geliebten, dieser schönen Muse.

Erst als ich meiner Muse begegnet bin, ergab mein Leben einen Sinn, und es sollte diesen Sinn für immer behalten. Als ich meine Muse verloren habe, starb ein Teil von mir und, so unglaublich es klingen mag, erneut wurde ich erweckt, erneut wurde ich geküsst. Ich sah meine Aufgabe vor mir. Ich sollte diesen Weg weitergehen und mein Leben hatte wieder Sinn.

Erst von diesem Tage an war ich etwas wert. Ich wurde zu einem vollen Mann. Das Leben hatte Inbrunst. Eine derartige Leidenschaft hatte ich noch nie erlebt. Es war, als hätte ein Blitz eingeschlagen. Dieses Feuer, das in mir brannte, wurde entfacht und es soll nie wieder verglühen. Erst jetzt weiß ich, wie es ist, wahrhaftig zu leben. Diese Liebe wird für immer sein, dieses reine Gefühl soll mich fortan begleiten. Ich fühle mich wie ein junger Adonis. Ich strahle, ich brenne. Dieses Feuer soll für immer brennen, es soll nie mehr erlöschen. Egal, ob ich dafür in den Hades steigen oder Drachen töten muss. Komme, was wolle, ich bin bereit! Mein Leben ist nur ein kleiner Teil im Vergleich zum Verlauf der Gezeiten. Ich werde mein

Leben für meine Schöne geben, ich werde sie behüten, vor Verlockungen oder dem Bösen. Meine Schöne soll ihre Reinheit und ihre Anmut behalten. Egal, was kommt, ich werde für sie alles geben.

Die Vögel zwitschern. Sie steht da und ist mit der Welt im Reinen. Ich kann kein Auge abwenden, ich muss sie einfach beobachten. Das muss die Wahrhaftigkeit sein. Jetzt weiß ich, wie Aphrodite gewirkt haben muss, die Geschichten über die Schönheit, welche Quelle der Inspiration sie hatten. Man sah sie aufsteigen und war ihr für immer verfallen. Genau so ist das Gefühl, das mir meine Muse beschert. Ein reines, klares Gefühl von unbändiger Liebe. Für immer soll dieses Gefühl anhalten. Rein soll sie sein, die ewige, wahre Liebe!

Ein Leben am Abgrund

Hier bin ich nun, ein Leben im Nirgendwo. Ich habe meinen Job gekündigt und ein kleines Häuschen an einem See erworben. Ich lebe dort, wo andere glücklich sind, doch was bringt es mir? Mein Herz ist für immer verloren. Alles, was früher Sinn ergab, ist mit dir gegangen, meine Geliebte. Niemand ist da, das Haus ist leer. Kein Lächeln, niemand steht im Garten und hegt die kleinen Apfelbäume. Meine Geliebte, warum bist du von mir gegangen? Wie konntest du mich zurücklassen? Wie konntest du mir das antun?

Jeden Morgen stehe ich auf, doch ich frage mich, warum. Mein Herz ist so leer, seit du gegangen bist. Wie soll man das verkraften? Meine Liebe ist gestorben und so auch mein Wille, mich dem Jetzt hinzugeben. Kannst du das verlangen, unsere Träume alleine zu leben?

Ich hatte dir versprochen, das Haus am See zu kaufen. Dort wollten wir glücklich sein und unseren Lebensabend verbringen. Aber das Gemeinsame stand im Mittelpunkt, nicht ich alleine. Wie konnte es nur so weit kommen?

Ein leises Lächeln kommt mir in den Sinn, wenn ich an unsere gemeinsamen letzten Abende denke. Wir gaben uns den schönsten Liebesgeschichten hin und schrieben unsere eigene. Jetzt kommt eine Träne über mein Gemüt, wenn ich mir denke, dass es unsere letzten Abende waren.

Ach, wie sehn ich mich nach dir,
Kleiner Engel! Nur im Traum,
Nur im Traum erscheine mir!
Ob ich da gleich viel erleide,
Bang um dich mit Geistern streite.
Und erwachend atme kaum.
Ach, wie sehn ich mich nach dir,
Ach, wie teuer bist du mir,
Selbst in einem schweren Traum.

Johann Wolfgang von Goethe

Du hast doch Goethe so geliebt und jetzt weiß ich, was
ich mit dir verloren habe. Mein Herz, meinen Engel und
wie glücklich bin ich jede Nacht, wenn du mir im Traum
erscheinst. Mein Ende ist mit deinem Ende gekommen.
Ich weiß, wir werden uns wiedersehen. Ich werde hier
mein Ende verbringen. Statt mit Glück und meinem kleinen Engel mit Trauer, die mein Herz zerfrisst. Wie soll
ich dich vergessen?

Unsere schönen Tage, unser Leben, unser Glück, unsere
Liebe. Julia, der Klang deines Namens, der Klang deiner
Stimme – alles trage ich in meinem Herzen. Nur dein
Geist, deine Seele, deine Lebensfreude, das alles fehlt zu
meinem Glück und macht dieses Haus so leer. Das Leben
ist mit dir gegangen und es wird nicht wiederkommen.

Ich trinke einen Wodka auf dich. So wie sich diese Flasche entleert, ist auch mein Glück gegangen, als du ge-

gangen bist. Wie konntest du mich verlassen? Wir wollten unsere Liebesgeschichte mit der ganzen Welt teilen, jetzt ist sie ein Drama geworden. Ich will die Welt nicht mit meinem Leid erfüllen und ohne dich, da hat alles keinen Sinn. Das Ende ist kein Neubeginn. Vielleicht doch. Es ist der Anfang vom Ende.

Frühling

Ein zartes Erwachen

Liebesbriefe an meine Schöne,
wenn wir uns noch nicht kennen.
Wir können unser Glück finden!

Frühlingserwachen –
es war wie ein schöner Traum

Ich habe es gewagt. Ich bin in den Garten gegangen und habe mir deine Apfelbäume angesehen. Es war ein klarer Frühlingsmorgen, aber ich war alleine. Der See hat sich gespiegelt, es war ganz früh am Morgen. Ich konnte nicht glauben, was ich dann erspäht habe. Julia, ich hoffe du bist mir nicht böse, aber es war, als ob ich eine Zeitreise gemacht hätte. Ich habe dich geliebt, mit all deinen Fältchen, besonders innig jene Lachfältchen, die du um deinen Mund hattest. Aber es war, als wäre ich wieder zwanzig Jahre alt, wie damals, als wir uns beim Studium begegnet sind.

Ich kann mich an jenen Tag erinnern, als wenn es gestern gewesen wäre. Dein Lachen hat den Campus erfüllt und als ich mich umsah, erblickte ich dich, meinen Engel. Unsere gemeinsamen Jahre lang habe ich gedacht, dass man so ein Glück nur einmal im Leben kennenlernen kann. Aber heute im Morgentau sah ich sie, elfengleich, dein Abbild. Anfang zwanzig, wunderschön, die langen Haare, diese strahlenden Augen. Kurzerhand, ich fühlte mich wieder wie damals, als wir das Studium begonnen hatten und davon geträumt haben, dass wir uns ein Häuschen auf dem Land kaufen und unser Leben nur mehr der Lyrik widmen. Kann es ein neuer Anfang sein? Hat mir Gott diese Muse gesendet, damit ich mich wieder freuen kann? Ich konnte den Blick nicht von ihr wenden. Sie war plötzlich da und, Julia, ich fühlte mich, als ob du von Gott zurückgesandt wurdest, um mir eine Botschaft mitzugeben. Soll dies ein neuer Anfang werden und ich mit dieser Muse das Ende meines Lebens verbringen? Sie sah aus wie eine Waldfee, so elegant und wunderschön.

Es war ein Zeichen des Himmels. Mein Engel ist noch einmal auf die Erde gekommen, um mir Glück zu zeigen. Ich habe mir ein Ziel gesetzt. Ich werde sie erobern und dann können wir gemeinsam unseren Traum leben, hier in dem Häuschen auf dem Lande. Den Blick auf den See gerichtet können wir im Garten philosophieren und unsere Träume hegen, sie können wachsen. Wir haben unser eigenes Paradies und werden glücklich sein und die schönsten Liebesgeschichten neu erzählen. Ich werde sie im Sturm erobern und dabei an dich denken, meine Schönheit. Wie damals werde ich ihr Liebesbriefe und Geschenke schicken. Wie damals, als ich dich umworben habe. Mein Herz spürt ein neues Glück. Du bist wieder hier, auf Erden, du bist zurück. Ich fühle mich wieder jung, ich spüre den Frühling und freue mich über unseren schönen Garten.

Auch wenn du nicht mehr hier bei mir bist, es ist, als wärst du zurück und mit dir deine unglaubliche Lebensfreude, für die ich dich immer bewundert habe. Mein Herz pocht wie wild und ich kann nicht glauben, dass man zweimal im Leben so glücklich sein kann. Als ich dich sah, wusste ich, dass du die Frau meines Lebens bist und dass wir unser ganzes Leben gemeinsam verbringen werden. Aber niemals hätte ich es zu hoffen gewagt, dass wir eine zweite Chance bekommen, um unser Glück zu finden. Niemals, nicht einmal im Traum, niemals! Sie fährt nächste Woche nach Paris. Ich werde sie begleiten und dabei an dich denken. Damals, als wir auf dem Eiffelturm waren, ich werde es nie vergessen, als du Ja gesagt hast und geweint hast, als ich dir diese eine Frage gestellt habe. Dort wurde unsere Liebe unsterblich und jetzt habe ich die Chance, einen Neuanfang zu machen, in der Stadt, die unsere Liebe besiegelt hat. Julia, ich bin glücklich, zum ersten Mal seit so vielen Monaten. Es ist, als wärst du vom Himmel herabgestiegen und wir hätten eine zweite Chance bekommen.

Paris – die Stadt der Liebe

Meine Hübsche, ich weiß, dass du nicht weißt, dass ich da bin, aber ich muss dauernd an dich denken. Wie schön waren doch die Tage in Paris. Es ist, als wärst du gestern erst beim Eiffelturm gewesen, oben, wie du dich gesonnt hast und die Stadt überblickt hast. Wie schön du doch warst. Am liebsten wäre ich zu dir hingegangen und hätte dir einen Kuss gegeben. Ein Verliebter in der Stadt der Liebe, mit seiner Schönen vereint. Warum hast du mich nicht bemerkt? Ich habe viele Fotos von dir gemacht, ja, von der Ecke aus. Aber du bist wunderschön, jung und reich.

Die weiße Lederjacke, die du dir in den Banlieus gekauft hast, sieht so schön an dir aus, mit dem Paillettenrock und den Pumps. Ich dachte, ich habe ein Model einer Prêt-à-porter-Show vor mir. Du, meine Muse, Kate, du inspirierst mich. Am liebsten würde ich zu dir hinübergehen, aber ich habe viele schöne Fotos aus Paris. Als du im Rodin-Museum gewandelt bist, umrundet von den Skulpturen im Garten, mit deinen Kleidern aus den Modevierteln – es war, als hätte ich meine Muse gesehen. Die langen, dunklen Locken, der schicke Hut, die Sonnenbrille – es war, als hätte ich die junge Elizabeth Taylor gesehen. Der Japaner, der dich auf dem Sacré-Cœur fotografiert hat. Der wäre ich gern gewesen. Er hat deine Schulter berührt, deine wunderbare Schulter. Als wir im Fragonard shoppen waren, in Les Halles, du hättest mich fast gese-

hen. Das war knapp, aber ich habe mir dein Parfüm gekauft, als Souvenir an die Stadt der Liebe.

Oh, du wunderbare Kate, lass uns bald wieder nach Paris
fliegen. Ich finde es so schade, dass wir nur ein paar Tage
dort waren. Was hätten wir noch alles machen können,
meine Muse! Eine Schifffahrt auf der Seine. Du bist doch
so gerne auf Booten. Ein Candle-Light-Dinner in einem
Café … Oh, Kate, meine Geliebte, alles hätten wir machen können. Zwei Verliebte in der Stadt von l'Amour.
Wie gerne hätte ich dir deine Jacke bezahlt. Sie steht dir
so gut, du siehst aus wie ein französisches Mannequin.
Auch heute habe ich dich wieder gesehen. Du warst auf
deiner Terrasse. Ein paar Freundinnen waren da und ihr
habt wieder über eure Männer geredet. Kate, ich wäre so
gerne der Mann an deiner Seite. Gemeinsam würde uns
die ganze Welt offenstehen. Wir könnten wieder nach
Paris fliegen, vielleicht ein kleines Hotel nehmen und in
einem Café Crêpes essen. Das wäre so schön. Ich würde
meine Gedichte schreiben und du wärst meine Inspiration. Oh, Kate, wie schön du bist! Deine langen Haare,
deine trainierten Beine, die grünen Augen. In deinem
Blog hast du geschrieben, dass du morgen mit deinen
Freundinnen eine Motorbootrunde machst. Ich wäre so
gern dein Skipper. Wir könnten über alle Meere fahren.
Es wäre so schön, würdest du nur wissen, dass ich da bin.
Manchmal fühle ich, dass du wie ein Vogel bist, in einem
goldenen Käfig, gut behütet vor dieser schnöden, kalten
Welt. Du bist so schön, doch dein Herz ist genauso ein-
sam wie meines. Ich verzehre mich nach dir, ich will dich.
Ich würde dich heiraten, wir könnten viele Kinder be-

kommen und gemeinsam im Glaspalast wohnen und oft nach Paris fahren. Du liebst doch dieses Land so sehr. Ach, Geliebte, es könnte alles so schön sein, du müsstest mich nur kennenlernen. Ich bin nicht verrückt, ich verzehre mich nach Liebe zu dir, meiner Schönen. Du könntest meine Muse sein und ich dein Dichter. Wir könnten über den See fahren und ans Meer, nach Paris, wo immer du hin willst. Kate, unser Leben wäre Utopia, voller Liebe und Leidenschaft. Ich sehne mich nach dem Duft deines Haars, dem Klang deiner Stimme. Aber du hast gerade wieder andere Sorgen. Ich habe gehört, wie du mit deinen Freundinnen darüber geredet hast, wie schwer es ist, den Männern zu gefallen, dass das Leben doch etwas anderes zu bieten hat. Ja, Kate, das hat es! Du bist zu Höherem bestimmt, du könntest meine Muse sein und ich dein Herr. Meine Schöne, das Leben könnte so wunderbar sein, wir müssten uns nur endlich kennen … *Ich liebe dich!*

Ein schöner Tag am See

Geliebte Schöne, der Tag gestern war so schön. Die Sonne, der See und vor allen Dingen du! Ich hatte meine Freude, dich in deinem neuen Bikini zu betrachten. Er ist so blau wie die See. Deine Haare wehten im Wind und du warst einfach nur faszinierend. Die Sonne und du haben um die Wette gestrahlt. Meine Geliebte, wie kannst du nur glauben, du wärst nicht schön genug? Warum redest du mit deinen Freundinnen über eine Operation, die gar nicht sein muss. Jeder Eingriff birgt ein Risiko. Du könntest sterben und wärst für diese Welt verloren.

Deine Brüste sind wunderschön, dein Bikini brachte sie perfekt zur Geltung. Wie kannst du nur glauben, dass dein Leben mit einer aufgespritzten Konfektionsgröße besser wäre? Als du aus dem Wasser gestiegen bist und dich wieder in das Boot gesetzt hast, hätte ich mir gewünscht, wir wären auf dem Meer, ich dein Kapitän auf dem Segelboot, hinter uns vergessen das Leben an Land, nur der Horizont und zwei Verliebte. Deine langen Haare würden im Wind wehen. Ich bräuchte keine Meerjungfrau als Galionsfigur, ich hätte dich, meine Schönheit! Zusammen könnten wir um die ganze Welt segeln, immer neue Länder bereisen und für immer zusammen sein. Ich könnte über unsere Reisen Gedichte verfassen, die ganz der Liebe gewidmet sind. Du wärst meine kleine Meerjungfrau, ich müsste dich nicht retten, du würdest mich retten, indem du mein trauriges Herz mit neuem Leben füllst. Wäre das nicht ein schöner Traum? Ich würde so gerne mit dir träumen, aber du redest nur über den jungen Mann, den du vor unserem Paris-Urlaub kennengelernt hast. Er ist aus gutem Hause und du weißt nicht, was eure Familien sagen werden, wenn ihr ein Paar seid. Ich kann dir sagen, was die Familie sagen würde: Es ist nicht in Ordnung, du bist für einen anderen bestimmt. Du passt nicht in ihr Haus, er nicht in deines. Du gehörst zu mir und uns gehört die Welt. Warum willst du einer Schwiegermutter gefallen, die noch niemanden lange erduldet hat? Du könntest mit mir die Welt erforschen, wir hätten unsere eigene Welt und wenn wir einen passenden Platz auf Gottes Erde finden, können wir dort bleiben. Warum willst du es nicht wahrhaben? Die Liebe ist so nah, nicht mal eine Seemeile war ich von euch weg. Aber ihr hattet nur eure Männer im Kopf und was ihr heute Abend im Inklub tragen wollt, um perfekt zu sein. Ihr seid perfekt, du bist wunderschön! Das Kleid unterstreicht deine Schönheit nur, nicht das Kleid macht dich schön. Aber wie kann ich dich erreichen? Wie soll ich dein Herz erobern, wenn du mich nicht einmal siehst? Ich wollte fast zu euch hinüberschwimmen, aber ich konnte nicht. Deine Augen haben geleuchtet, als du von der Party heute Abend gesprochen hast, dass es gar nicht einfach war, auf die Gästeliste zu kommen. Wenn wir zusammen gehen würden, müsstest du solche Sorgen nicht haben. Wir könnten auch zu Hause bleiben und gemütlich vor dem Kamin sitzen, mit einer guten Flasche Wein und bezaubernder Musik. Du müsstest nicht die neueste Mode aus Paris besitzen, du könntest tragen, was immer du willst. Ich würde dich auch mit zerzaustem Haar und Schlabberpullover schön finden. Ich wäre von dir inspiriert. Warum willst du das nicht sehen? Du setzt alle Hebel in Bewegung, um deinem neuen Bekannten zu gefallen. Willst du dich wirklich unters Messer legen? Es ist doch nicht notwendig. Was Gott geschaffen hat, soll der Mensch nicht verändern. Kate, meine Schöne, du bist zu jung, du weißt noch nicht, was dir das Leben bringt. Komm zu mir, trinken wir ein Glas Wein auf der Veranda, ich könnte dir schon sagen, wo du richtig bist. Es bricht mir fast das Herz, dass du dich so verändern willst. Meine Geliebte, du bist perfekt, du bist meine Muse. Durch dich fühle ich mich lebendig, inspiriert. Denk an Paris! Du warst so schön, du hast „L'Amour!" gerufen und wolltest die ganze Stadt umarmen. Dieses Lebensgefühl kannst du doch nicht wegwerfen, nur weil du wieder heimgekehrt bist. Meine Geliebte, dieses Gefühl macht dich aus und einzigartig. *Mach keinen Fehler! Der Richtige liebt dich auch so.*

Meine arme Schöne, trockne deine Tränen. Dein Verflossener ist sie nicht wert und er wird auch nicht kommen, um sie zu trocknen. Ich würde dir gerne ein Taschentuch reichen, aber ich weiß nicht, ob du es nehmen würdest, um sie aufzusammeln. Ich würde das Taschentuch immer in meiner Nähe haben, um mich daran zu erinnern, wie ich dich nie wieder sehen will. Meine Schöne, kein Mann ist es wert, dass du dein Herz zerbrichst. Niemand hat das Recht, dich so traurig zu machen, gerade dich, die vor Leben und dessen Freude strahlt. Recht hast du, wenn du in die Tagesbeautyklinik fährst und dir ein paar Relaxtage gönnst. Der Kerl, der dich so verlässt, hat es nicht besser verdient. Wie hast du in deinem Blog geschrieben? „Es war eine E-Mail, die deinen Tag zerstört hat." Meine Schöne, das ist doch nicht einmal galant oder die Art eines Kavaliers. Der hat dich einfach nicht verdient, weder dein Herz noch deine Seele oder auch noch deine Liebe. Du hast mir so leidgetan, wie du auf deiner Terrasse gesessen bist, immer nur am Weinen. Als du geschrien hast, was du schon wieder falsch gemacht hättest. Meine Schöne, du hast keine Fehler. Es ist sein Fehler, dich nicht zu lieben. So groß kann die Liebe deines Galans nicht gewesen sein, wenn er dir eine E-Mail sendet, die eure Beziehung beendet. Und du wolltest dich noch verändern, deine natürliche Schönheit durch eine Operation korrigieren lassen. Wie weit würdest du gehen, um ihm zu gefallen, und wie einfach wirft er deine Liebe weg?

Es war von Anfang an ein aussichtsloser Kampf. Wenn dich einer von ganzem Herzen liebt, dann wirft er dich nicht weg wie ein Stück Müll. Kate, du bist so besonders, du bist so einzigartig, du bist so charismatisch. Ich könnte dir keine E-Mail senden, in der steht, dass meine Liebe zu dir beendet ist. Ich würde dir eine Ode schreiben, in der ich meine Liebe kundtäte. Du regst mein Herz an, du hast es wiederbelebt. Ich dachte schon, ich hätte alle Liebe gegeben und verloren. Als ich dich zum ersten Mal sah, wusste ich, dass es einen Gott gibt. Deine Schönheit und deine Lebensfreude haben mich inspiriert, einen Neuanfang zu wagen. Ich war am Ende, mein Whiskey war mein letzter Gedanke am Ende eines Tages (zugegeben, meistens auch der erste). Aber du hast mir gezeigt, wie schön das Leben sein kann, wie erfrischend die Jugend ist. Es tut auch meinem Herzen weh, dich so zu sehen, immer nur weinend. Dein Galan ist es nicht würdig, sein Leben mit dir zu verbringen. Eine banale E-Mail als Ende eures Flirts? Nein! Er müsste weinen, er müsste schreien: „Warum hat sie mich verlassen?" Er sollte am Boden liegen, aber nicht du, meine Schönheit. Trockne deine Tränen, geh ein paar Tage weg aus deinem Ort der Trauer. Geh in eine Therme, lass dich verwöhnen, entspann ein paar Tage. Es würde uns beiden guttun, wenn wir uns ein bisschen von den Strapazen der letzten Tage erholten. Auch ich musste weinen. Ich musste weinen, als ich dich so traurig sah. Such dir ein neues Glück, sieh einfach einmal raus aus deinem Garten, schau zu mir hoch. Ich würde dich glücklich machen, ich wüsste dich zu schätzen.

Du warst mein Frühlingserwachen. Als ich dich sah, wusste ich, wie schön ein Neuanfang sein kann. Man braucht nur eine Perspektive und du warst meine. Meinen Job gekündigt wollte ich alle meine verlorenen Gedanken sammeln und unter das Volk bringen und dann endlich mein tristes Leben beschließen. Als ich dich sah, machte mein Herz einen Sprung und ich wusste, ich hatte Glück verdient. Warum sollte nebenan ein so schönes Geschöpf wohnen? Das musste einen Grund haben. Und ich habe es eingesehen. Kate, du bist meine Muse. Du wurdest mir geschickt, damit ich wieder glücklich sein kann, und das gleiche Gefühl will ich dir zurückgeben. Ich weiß, ich bin kein junger Adonis mehr, aber wir könnten uns lieben und gemeinsam den Sonnenuntergang genießen. Wenn du diesen Ort der Trauer verlassen willst, so können wir gemeinsam fahren. Ich wüsste, was ich an dir habe.

Du Wandervogel,
lass uns doch gemeinsam reisen!

Ich war ganz erschrocken, als ich gehört habe, dass du eine Reise wagst. Deine Mutter macht sich ganz schön große Sorgen. Du kannst doch nicht einfach alleine durch Italien reisen, nur mit einem Rucksack. Eure Nachbarin war ganz entsetzt, als deine Mutter ihr die Geschichte erzählt hat. Du willst doch nicht wirklich alleine, nur mit einem Rucksack, durch Italien fahren, um dich selbst zu finden. Einen ganz schönen Schock hast du deiner Mutter vermittelt, als du meintest, du wollest im Zelt wohnen und unterwegs arbeiten. Das hast du doch gar nicht nötig, meine Schöne. Wir könnten doch zusammen ans Meer fahren, wenn du willst auch nach Italien.

Ich könnte dir aus Goethes Buch vorlesen und wir könnten in einem Weingut eine gute Flasche Muskatwein trinken. Den hast du doch so gern. Mit deinen Sprachkenntnissen kommst du doch nicht weit, du sprichst doch nicht viel Italienisch. Und du weißt, was schönen Frauen passiert, die alleine reisen! Du bist auf die Gefahren eines anderen Landes gar nicht vorbereitet. Ich werde dich begleiten und auf dich achtgeben. Ich mache das für dich und deine Mutter. Italiener sind für ihr Heißblut bekannt. Was, glaubst du, werden sie mit dir machen? Sie werden dich im Sturm erobern, deine Gunst erwerben und dir dann dein Herz brechen. Touristinnen sind dort Freiwild und du, meine Gute, könntest dich sicher nicht dem Charme eines schönen Italieners verweigern. Oh, Kate, warum tust du uns das alles an? Keinem ist wohl bei dem Gedanken, dass du alleine wegziehen willst. Eine einfache Fahrt nach Rom, so soll der Anfang deines Endes aussehen? Du hast keine Chance, du kennst doch nur den Ort, in dem wir leben, du warst noch nie irgendwo alleine, ohne Kreditkarte und ohne Traveller's Cheques. Du willst im Zelt leben, für dich selbst sorgen und dich am italienischen Leben freuen? Kate, dafür bist du doch zu jung, du kannst nicht alleine in ein fremdes Land fahren.

Willst du uns allen einen Schrecken bereiten? Es wäre schade, wenn dir etwas passierte. Was soll ich ohne mein Herz, meine Muse, meine Inspiration machen? Du verärgerst mich gerade, weil du so leichtsinnig mit deinem Leben umgehst. Du weißt ja noch gar nicht, was dir alles widerfahren kann. Meine Schöne, überleg es dir gut, lauf nicht weg, bleib hier! Zu Hause ist es immer noch am schönsten. Tag deine Kleider, schwimm im See, meine Schöne. Das machst du doch so gerne. Es ist schon gut, dass du hinterfragst, ob es das schon gewesen sei, an einem Ort zur Welt zu kommen und dort zu sterben. Aber auf eigene Faust in ein fremdes Land, als junge Frau? Das ist zu viel des Guten. Du kannst mir nicht meinen wichtigsten Menschen nehmen. Kate, du bist meine Quelle der Inspiration, du bist meine Sonne, die am Morgen aufgeht. Du musst niemandem gefallen und deine Mutter hat schon recht. Du könntest auch zum Friseur gehen und mal eine neue Haarfarbe probieren. Das würde dir auch helfen, deine Persönlichkeit zu verändern. Du musst dich nicht selbst suchen, du hast doch deinen Platz! Am besten an meiner Seite. Du würdest mir auch blond gefallen oder rothaarig. Deine Leidenschaft für das Leben würde sich nicht mit einer neuen Frisur verändern.

Bitte, meine Schöne, hör auf deine Mutter und bleib hier. Es passieren die schlimmsten Sachen in fremden Ländern. Du kannst doch auch zu Hause andere Kulturen kennenlernen. Es gibt so viele Restaurants, ich würde mit dir alles ausprobieren: chinesisch, griechisch, indisch, türkisch, italienisch. Wenn du deine Weltreise machen willst, fang einmal kulinarisch an. Du musst nicht gleich dein Leben dafür opfern. Es wäre so schade um dich, ich will dich nicht gehen lassen, ich muss dich einfach begleiten. Ich habe dir heute ein Buch geschickt. Das solltest du lesen, bevor du deine Reise machst. Ich habe dir auch eine kleine Nachricht geschrieben, mit Tipps, wie du deine Lebenskrise überwinden kannst. Ich hoffe, es hilft dir. Auch ich habe mich selbst gesucht und viele Reisen gemacht. Gefunden habe ich mich aber erst, als ich mein Herz verloren habe. Es gehört nun dir, für immer!

Oh, meine Schöne,
auch du wirst deinen Sinn finden!

Kate, ich mache mir Sorgen um dich. Du willst das Glücksspiel also wirklich wagen? Deine Mutter sagt, dass du einen Italienischkurs machst, um dich auf die Reise vorzubereiten. Sie hat auch erzählt, dass du einen Flirtkurs machst. Warum das denn? Das hast du doch gar nicht nötig. Deine Mutter macht sich wieder Sorgen. Auch ich mache mir Sorgen. Wir fürchten um dein Wohlergehen. Oh, meine Schöne, besinn dich, bleib doch zu Hause. Das Glück liegt auch vor deiner Tür, du musst nur dein Herz und deine Augen öffnen. Dein Kavalier lebt hinter der nächsten Tür. Oh, Kate, was würde ich dafür geben, dein Herz zu erobern, deinen verliebten Blick und mit dir den Sonnenuntergang zu genießen. Du brauchst Veränderung, nimm einfach deinen Prinzen vom Haus nebenan. Ich weiß, ich bin kein holder Jüngling, aber auch ich weiß das Leben zu genießen und mit einer schönen Frau wie dir an meiner Seite wäre das Leben perfekt. Du müsstest nicht Italienisch oder Flirten lernen. Oh, Kate, was machst du nicht, um einem Mann zu gefallen. Siehst du nicht, dass deine falsch erwählten Galane dich nur enttäuschen? Du musst dich nicht immer ändern, um jemandem zu gefallen. Dein Sinn muss es auch nicht sein, schön zu sein oder in ein anderes Land zu gehen. Lerne, dich selbst zu lieben! Letzten Monat wolltest du dich operieren lassen und diesen Monat lernst du Sprachen und machst einen Flirtkurs. Du hast doch alles im Blut, deine Leidenschaft mit deiner Lebenskraft.

Oh, Kate, du suchst nur immer an der falschen Stelle. Nicht du musst dich verändern, du musst dich lieben, mit Ecken und Kanten. Genau das macht dich doch so interessant. Deine Mutter hat gesagt, jetzt machst du auch noch einen Kochkurs. Was willst du werden? Eine italienische Mama, die ihr Leben in der Küche verbringt? Alle Kurse dieser Welt bringen dir nichts, wenn du deinen Platz in deinem Herzen nicht findest.

Ich liebe dich. Du müsstest nicht kochen, du müsstest gar nichts tun, nur einfach du selbst sein – das schöne Wesen, das ich gesehen habe, als ich hier ankam. Ich konnte meinen Blick nicht von dir lassen. Du Schöne, du kannst nicht alles lernen, du kannst nicht jedem Mann gefallen. Das sind Dinge, die du lernen musst. Du bist jung und schön, du bist auf der Suche, aber so wirst du dich nicht finden. Du läufst von einem Kurs zum anderen, von einem Mann zum anderen, ohne zu wissen, was du mit deinem Leben machen willst. Sei nicht schon in deiner Blüte so hitzköpfig, lauf nicht weg vor deinem Leben. Akzeptiere es, genieße es. Du bist jung. Wozu machst du diesen Flirtkurs? Klopf einmal an meine Tür, dann wirst du sehen, dass du diesen Kurs gar nicht brauchst. Alle machen sich Sorgen um dich. Der Mann, der dich liebt, wenn auch nur aus der Ferne. Komm zu mir! Wir könnten glücklich werden. Alles, was ich brauche, ist eine Chance dazu. Oh, Kate, du machst mir Kummer. Ich mache mir große Sorgen. Ein fremdes Land bereisen – das ist keine Lösung. Italien ist wunderschön, aber noch schöner, wenn man die Liebe mit sich bringt. Wenn du deine Verzweiflung und Trauer mitnimmst, werden sie dir auch in Italien begegnen.

Du kannst den Ort verändern, aber nicht deine Gefühle. Glaub es mir, ich habe das selbst versucht. Glück fand ich, als ich dich sah, meine geliebte Schönheit. Bis zu jenem Tag, an dem ich dich sah, war ich von Trauer und Zorn zerfressen. Du wirst dich nicht finden, solange du mit dir selbst nicht glücklich bist. Kate, du könntest im Lotto gewinnen und wärst nicht glücklich, du könntest eine Weltreise machen und nimmst deinen Rucksack voller Vergangenem und Trauer mit. Schüttel dich ab, lass los, befrei dich! Kate, wir könnten so glücklich sein. Du musst niemandem gefallen. Niemand ist perfekt, auch wenn wir immer strahlen wollen. Eine verlorene Liebe ist die Chance auf einen Neubeginn, aber du musst dafür nicht alles wegwerfen. Deine Familie, deine Heimat, dein Leben!

Ich mache mir wirklich Sorgen. In zwei Wochen geht es also los. Ich werde dich begleiten und an deiner Seite sein. Vielleicht spürst du mich ja. Ein kleines Stück in deinem gebrochenen Herzen könntest du für mich nehmen. Dieses kleine Stück könnte wachsen, wir müssten uns nur einmal besser kennen. Du musst nur die Augen öffnen, dann finden wir uns.

One-Way-Ticket nach Neapel

Es ist also wahr, wir wagen unser Abenteuer. Der Zug ist gebucht. Morgen geht es los. Abfahrt nach Neapel. Diese Stadt ist so schön wie auch gefährlich. Ich glaube, es wird dir dort gefallen. Also gute Nacht, meine Süße, morgen beginnt unser Abenteuer.

Ich kann nicht schlafen. Ich bin so aufgeregt. Der Zug fährt in Kürze. Gott sei Dank habe ich noch eine Karte bekommen. Ich bin zwei Abteile weiter. Wenn etwas passieren sollte, eile ich dir als strahlender Retter zu Hilfe.

So, dann geht die Reise los. Ich bin gespannt, was wir erleben werden. So ist das also! Kaum sitzen ein paar junge Amerikaner in deinem Zug, wendest du das an, was du im Flirtseminar gelernt hast. Kate, ich bin sauer. Du sagst, du wolltest die Kultur und die Sprache lernen, und was passiert? Du flirtest die ganze Reise nur. Nein, so schnell wirfst du deine Vorsätze weg. Von wegen keine Männer mehr! Gerade die Touristen sind immer auf der Suche nach Flirts. Ich habe euch lachen gehört. Du warst also wieder im Mittelpunkt. So wie du es immer sein willst. Oh, Kate, ich mache mir schon wieder Sorgen. Was ist, wenn ein junger Italiener kommt und dir wieder dein Herz bricht? Das hattest du doch gerade! Dann weinst du wieder und machst Sachen, die nicht gut für dich sind. Oh, Kate, ich mache mir wirklich Sorgen um dich. Himmelhoch jauchzend und zu Tode betrübt beschreibt dein Leben. Heute weißt du nicht, was du morgen tust. Du wechselst deine Männer, deine Hobbys und dein Aussehen. Die neue Frisur steht dir gar nicht gut. Du bist nicht blond, deine Haare sind nicht kurz. Es mag schon praktisch sein, aber du bist doch nicht der Typ dafür. Deine Mähne ist wild und weht im Wind. Oh, Kate, ich hasse dich!

Es tut mir leid, meine Schöne, ich wollte dich nicht verärgern. Endlich sind wir angekommen. Die Reise war lang, die Jugendherberge war unbequem. Du weißt gar nicht, wie schwer es war, ein Zimmer zu bekommen. Die wollten mich nicht aufnehmen. Sie meinten, ich wäre zu alt! Aber ich habe es geschafft. Das habe ich für dich gerne in Kauf genommen. Ich kann dich ja nicht alleine lassen. Besonders dann nicht, wenn die Amerikaner auch in Neapel bleiben. Du hattest sichtlich Spaß. Ich glaube, du gefällst auch einem.

Der Tipp der Jungs, in männlicher Begleitung wegzugehen, ist richtig, aber wenn, dann in der richtigen. Geh mit mir feiern, doch nicht mit den wilden Amerikanern. Die sind nur hinter einer Touristin her, die wollen Abwechslung vom College. Glaubst du wirklich, einer dieser Jungs ist an dir und deiner Liebe interessiert? Die wollen nur Spaß und Abenteuer. Zum Glück fahren sie morgen weiter nach Paris. Paris ist unsere Stadt. Da waren wir doch erst vor Kurzem. Mir fällt der Abschied von den Jungs leicht. Du bist wenigstens so klug, dass du sagst, du fährst weiter nach Amalfi, um das richtige Leben kennenzulernen. Ich freue mich schon darauf, wenn wir in einem kleinen Straßencafé sitzen, das Essen genießen und den

Wein. Amore e musica – das wird dir gefallen. Ich werde es dieses Mal schaffen.

Ich komme zu dir und werde mit dir Wein trinken. In aller Stille am Meer. Wir werden es schaffen, wir werden uns treffen und wir werden lachen, weil wir uns noch nicht kennen, dabei wohnen wir Tür an Tür. Oh, Kate, ich bin nicht der Mann, der alleine in seinem Haus am See wohnt. Ich bin der Mann, der dich liebt, dessen Herz springt, wenn er dich sieht. Kate, du bist meine Inspiration, meine Quelle der Freude. Jetzt müssen wir nur mehr die Amerikaner loswerden, dann kann unser Urlaub beginnen. Die junge Australierin, die mit dir im Zimmer wohnt, kann mit ihnen nach Paris fahren.

Kate, du gehörst zu mir und wir gehören nach Amalfi. Zum Meer, zu den Jachten, zum kulinarischen Italien. Wir können alles machen: ein Picknick am Meer, einen Cocktail im Straßencafé, flanieren an der Promenade und natürlich Händchen halten im Mondschein. Mein Gott, wie schön wäre das, ich bin jetzt schon von Sinnen, mein Herz pocht. Die Romantik Italiens! Ich würde mit dir auf ein Weingut fahren oder wir flanieren entlang der Jachtenpromenade. Glaub es mir, Italien wird dir für immer in Erinnerung bleiben. Oh, Kate!

Dolce fa niente – la vita italiana!

Oh, hatte ich dir zu viel versprochen? Der Busfahrer hat dich beschimpft, weil du so viel Gepäck hattest. Weil du wieder eingekauft hast, meine Schöne Das ist wieder mal typisch. Immer die neueste Mode im Gepäck, aber dein weißes Kleid sieht echt schön aus und die Sandalen dazu. Hättest du noch deine lange Mähne, könnte man glauben, du wärst Italienerin. Aber mittlerweile gefallen mir auch deine kurzen Haare. Du lachst. Dir gefällt Italien also richtig gut. Ich wusste gar nicht, wie gut du Italienisch kannst. Deine Mutter hat immer gesagt, du hättest gerade erst begonnen. Und gestern im Café, ich habe dich beobachtet. Du warst so schön. Dein Cocktailkleid hat mir immer schon gefallen, die hochhackigen Pumps dazu und dein Hut. Du hattest wirklich Flair. Ein bisschen überzogen fand ich, dass du dich hinter deinem Buch versteckt hast, hinter dem Buch, das ich dir geschenkt habe! Es gefällt dir also. Ich sage ja immer, dass wir Harmonie ausstrahlen. Meine Schöne, aber gestern war ein Traum. Das gute Essen, der Wein, die Straßenmusikanten und das Kasperltheater – es hat einfach alles gepasst. Bis dieser junge Italiener gekommen ist und mit dir getanzt hat! Du hättest auch mit mir tanzen können, ich war drei Tische weiter. Wie sagtest du noch zu deiner Freundin? Was muss man machen, bevor man 30 wird? „Mit einem schönen Mann mitten in Italien auf offener Straße tanzen, das ist Leben und Glück." Wie hieß er noch? Francesco? Er will dir sein Italien zeigen und dich glücklich machen? Ich war so froh, dass die Amerikaner endlich abgereist sind und wir endlich angekommen sind und wollte gerade zu dir gehen, da kommt dieser junge, freche Italiener und nimmt dich an der Hand und tanzt mit dir auf der offenen Straße. Kein Wunder, dass du ihm gefällst. Wem gefällst du nicht? Dass du gut Italienisch kannst, würde ich einem dahergelaufenen Italiener nicht glauben. Auch wenn er Medizin studiert, du kannst keinem Italiener die Liebe glauben. Das sagt er jede Woche zu einer anderen Touristin und nur weil er tanzen kann, sagt das nichts über seine Manneskraft oder seinen Charakter.

Oh, Kate, du machst mich rasend. Mein Herz pocht, wenn ich dich mit diesem Mann sehe. Der wird sicher noch gefährlich. Er verwöhnt dich, er liebt das Einkaufen, er hat dich noch nicht gesehen, wie deine Kreditkarte glüht, er liebt die Kulinarik und hat ein Weingut. Glaub ihm doch das alles nicht. Wozu sollte der werte Herr Medizin studieren, wenn seine Familie ein Chateau hat? Oh, meine Liebe, glaub nicht alles, was dir die Männer erzählen. Wenn er dich zum Frühstücken einlädt, was, glaubst du, will er von dir? Deine Seele, deine Liebe? Sei doch nicht so dumm, fall doch nicht schon wieder auf lauter Lügen und Versprechungen rein, genieß einfach die Landschaft, die Berge, die hängenden Straßen, das Meer, das Essen. Lass es dir gut gehen, sei nicht so naiv. Liebe kommt mit einer gewissen Zeit, nicht mit einem bestimmten Mann. Glaub nicht alles, vor allem nicht das, was dir jemand im Urlaub verspricht. Ich glaube nicht, dass du je seine Weingärten sehen wirst. Der holde Arzt will eine Affäre und, Kate, meine naive, geliebte Kate, du bist schon wieder dabei, dein Herz zu verschenken. Und dieses Mal an irgendeinen dahergelaufenen Gigolo. Wer weiß schon, ob er wirklich studiert. Vielleicht erzählt er jeder Touristin, was sie hören will. Er sieht, dass du aus gutem Hause stammst. Immer gestylt, wunderschön. Ein Mann spürt, dass du keinen Animateur haben willst, bei dir muss es schon ein Arzt sein. Jeder kann alles haben und alles sein, wenn er es nur glaubt. Gerade du solltest das wissen. Wie viele Dates hattest du schon? Sie stellen sich vor als Geschäftsmänner, dann sind sie Verkäufer, sie sagen, sie führten einen Betrieb, dann sind sie Kellner.

Jeder Mann will dich beeindrucken, weil jeder glaubt, du willst einen Mann, der dich versorgen kann. Die kennen nicht deine sensible Seite. Jeder sieht nur das, was er sehen will. Aber auch du, meine Schöne, auch du hast deine Kratzer. Du willst immer die Schönste sein, aber es wird immer jemanden geben, der schöner ist. Geschmäcker sind verschieden. Ja, du bist schön, aber du musst nicht jedem gefallen und auf alle Fälle musst du nicht jedem alles glauben. Verlieb dich nicht in Francesco. Er bricht dein Herz, aber ich bin ja da, um es wieder zu kitten.

Vietri und ein Versprechen

Kate, ich habe dir heute einen Schmetterling gekauft. Lach nicht, aber ich glaube, dieses Tier ist deine Seele. Er ist wunderschön anzusehen und fliegt von einer Blume zur anderen. Du bist so glücklich in Italien. Auch wenn ich nicht dein Mann bin, ich werde es bald sein. Es dauert nicht mehr lange und Francesco wird dein Herz brechen. Ich freue mich schon, wenn ich dich trösten kann. Oh, meine Schöne, dann werden wir uns kennenlernen, ich werde dich in meinen Armen halten.

Oh, Kate, wie schön das doch werden wird. Ich liebe dich und du wirst mich auch lieben. Ich werde dein Prinz sein, der dich errettet vor einer falschen Liebe. Oh, Kate, das wird so schön. Wir werden unseren Urlaub auch noch zusammen genießen, ich verspreche es dir. Wenn Francesco endlich weg ist, werde ich zu dir kommen und dein Galan sein. Es tut mir weh, dich mit ihm lachen zu sehen. Wie gern würde ich dich mit mir lachen sehen, meine Schöne.

Oh, du verstehst die Botschaft nicht! Kate, du machst mich ganz wahnsinnig vor Leidenschaft. Das Geschenk war nicht von Francesco, die Keramikfigur aus Vietri war von mir. Wie kannst du nur? Ihr geht heute essen, direkt am Meer zwischen den Jachten. Du hättest mit mir gehen sollen. Es war mein Geschenk, mein Souvenir an einen unvergesslichen Tag. Du hast so schön gelacht, dachtest, so ein Mosaik aus Keramik wäre etwas für deinen Glaspalast. Oh, Kate, wie kannst du nur? Ich liebe dich, du bist mein Herz, du machst mich ganz wirr. Mein Herz pocht, ich bekomme keinen klaren Gedanken, ich will dich, am liebsten würde ich dir sofort meine Liebe gestehen, aber ich kann nicht. Es ist so schwer, dich so glücklich zu sehen. Kate, ich will dich in meinen Armen halten, so wie er es tut. Ich will mit dir den Dom von Amalfi besuchen, so wie er es tut. Ich will mit dir essen gehen. Oh, meine Liebe, warum hörst du mich nicht? Warum kann ich nicht er sein?

Kate, cara mia, amo te! Warum willst du meine Liebe nicht erhören. Oh, Kate, ich will dich, auch jetzt noch, wo du diesen Arzt datest. Wie schreibst du in deinem Blog? Du seist so glücklich wie noch nie, du lerntest erst jetzt das Leben und die Liebe kennen. Am liebsten würdest du in Italien bleiben. Kate, sei doch nicht so naiv! Im Urlaub ist immer alles anders als im alltagswirklichen Leben. Es zählt dort das Herz, nicht die Vernunft. Francesco wird dir dein kleines Herz brechen. Glaubst du, er ist jener Mann, der dir bis an dein Lebensende treu ist? Ich sage dir eines, meine Schöne: Auch wenn die Tage schön sind und er wie der Prinz am Meer erscheint, auch dein Urlaub endet. Dann bist du wieder im Glaspalast und, glaub es mir, auch dann wirst du wieder nicht glücklich sein. Du wirst dich an vergangene Momente erinnern und hoffen, dass das Leben immer so sein kann. Du wirst dich an deine Liebe erinnern, aber vergiss nicht, meine Schöne, das wird für immer ein Urlaub bleiben. Du bist nicht immer Anfang zwanzig, es gibt nicht überall junge angehende Ärzte. Aber Italien ist Italien und deine Heimat, deine Identität bleibt jener Ort, an dem du geboren wurdest. Lass dich nicht von einer Romanze verzaubern, mach nichts, was du später bereuen wirst!

Verschenk nicht schon wieder dein Herz an den Falschen, lauf nicht deinen Träumen nach. Werd erwachsen, leb dein Leben, aber such dir ein Ziel, das nicht aus Oberflächlichkeiten besteht und auf einer Traumwelt basiert. Lebe, sei glücklich, aber verlier dich doch nicht in einer Romanze. Oh, Kate, ich sehe schon das Ende deines Urlaubs kommen, ich sehe dich wieder weinen. Ich sehe, dass du dein Herz schon wieder verschenkst, und wieder an den Falschen. Frag dein Herz, nicht deine Umgebung, finde heraus, was du willst, sei nicht immer so naiv. Nicht jede Begegnung ist schicksalsträchtig, manche Begegnungen finden statt, aber sie bleiben ohne Grund, ohne Zukunft. Sie sollen einfach das bleiben, was sie sind: erfrischend, aber interessant. Ein Moment ohne Zukunft, ohne Verantwortung, ohne Bedenken.

Sei einfach du selbst, aber erwarte dir kein Leben in Italien. Genieße das Heute, das Morgen kommt früh genug und damit auch wieder die Verantwortung und die Konsequenzen.

Heimat bist du schöner Töchter!

Ich habe es dir gesagt. Die Heimat holt dich ein, auch dein Urlaub endet. Meine Schöne, schwer war der Abschied von Francesco und, ja, ihr seht euch wieder. So wie diese Romanze endet, endet auch der Urlaub. Du hattest Spaß, du hast viel gesehen. Aber irgendwann muss auch Schönes enden und der Alltag kehrt zurück. Genieß einfach deine Erinnerung an deinen schönen Flirt, den guten Wein, das gute Essen. Sei nicht traurig, du hast den ganzen Sommer vor dir. Wir können schwimmen gehen oder einfach nur auf der Terrasse den Sonnenuntergang genießen. Wo ist es schöner als in der Heimat? Genieß die Sonne, die hinter den Bergen verschwindet und den See rot färbt. Andere Menschen bezahlen dafür, dass sie dort Urlaub machen, wo wir wohnen. Warum sollen wir nicht auch im Alltag zufrieden sein? Also die Heimkehr ist dir schwergefallen. Du vermisst die Tage mit Francesco und die ganze italienische Lebensfreude. Anstelle des Arbeitens hast du die Zeit mit Francesco verbracht und kein Wort Italienisch gelernt, weil ihr immer Englisch geredet habt. Oh, Kate, wann bist du endlich glücklich? Du kannst doch nicht in einem Märchen leben, wo der Prinz kommt und vor Leidenschaft verglüht. Wie froh war ich, als ihr euch in den Armen hieltet und der Prinz in den Zug stieg, um wieder zurück nach Sizilien zu fahren. Ich war so glücklich, du hattest dieses Glück die ganzen Wochen in Italien. Warum bist du traurig, weil du wieder daheim bist? Du hattest die letzten Tage noch viel Spaß, du bist doch sogar noch einmal nach Neapel gefahren und wolltest dir Schuhe und Handtaschen kaufen. Sonst bist du doch nach einem Shoppingtrip immer glücklich. Oder die Massage am Meer. Die war doch auch schön. Du wolltest ja eigentlich nach Italien fahren, um zu arbeiten, die Sprache zu lernen und nicht um heiße Küsse am Strand mit einem Italiener zu erleben. Wie war das noch? „Ich muss mich selbst suchen. Es kann doch nicht alles sein, den Männern zu gefallen."

Kate, wo warst du? Das war wieder das kleine Mädchen, das auf der Terrasse liegt und mit ihren Freundinnen bei einem Gläschen Prosecco über Dates philosophiert. Was machen die Männer nicht alles falsch? Einmal melden sie sich zu oft, dann zu wenig. Der eine betreibt zu viel Sport, der andere zu wenig, der eine hat zu wenig Job-chancen und kein Entwicklungspotenzial, der andere ist zu sehr von seiner Mutter abhängig. Der Prinz, von dem ihr träumt, den gibt es nicht oder nur im Fernsehen. Das Leben mag manchmal hart sein, aber es ist nun einmal kein Bilderbuch und keine Soap Opera. Dein Blog liest sich wie Cinderella im neuen Jahrtausend: „Oh, wie schwer ist mir der Abschied gefallen, ich musste meine neue Liebe ziehen lassen, er geht wieder nach Hause und studiert weiter. Vielleicht werden wir uns bald wiederse-hen! Italien ist ein Land, das ich liebe, vielleicht ist dort auch der Mann, mit dem ich mein Leben verbringen wer-de. Lange Strandspaziergänge, leckeres Essen und guter Wein, umrahmt von der malerischen Kulisse am Strand." Kate, du hattest jetzt lange Urlaub. Anstatt dir Zeit für dich selbst zu nehmen, hattest du nur Dates. Und das nennst du die Suche nach dir selbst? Hast du dich gefunden? Hast du überhaupt gesucht? Wie schreibst du wieder in deinem Blog? „Morgen bin ich wieder zu Hause, wie gern wäre ich doch in Italien geblieben und hätte das Weingut von meiner neuen Flamme besucht." Ach, mein Mädchen, wie kann man nur so träumen? Ich will nicht klüger sein, aber ich bin erfahrener. Deine Liebe wird so lange halten wie dein Urlaub.

Warum fährst du nicht mit mir nach Hause? Wir könnten noch ein paar Tage in Südtirol bleiben, auch dort gibt es guten Wein und die Berge. Du kannst auch Italienisch sprechen, wenn du willst, und das Essen ist ein weiterer kulinarischer Höhepunkt. Meine Geliebte, unser Urlaub wäre für immer, wir könnten auch zu Hause das Leben genießen und gemeinsam alles machen, was wir möchten. Du könntest deine neuen Sommerkleider anziehen und ich würde dich fotografieren. Meine Geliebte, wie schön könnte dein Leben sein, wie glücklich könntest du meines machen. Du müsstest es nur zulassen. Lass dich fallen, öffne deine Augen und hör auf dein Herz. Ich will dich in die Arme nehmen und mit dir gemeinsam über ein Weingut wandern. Für immer oder auch nur für ein paar Tage. Die anderen Tage könnten wir ein Picknick am See machen oder in eine Therme fahren, einfach das Leben lieben … und uns.

Sommer und Herbst

Die Sonne lacht

Du, meine Liebe, lächelst zurück, doch bist du zu impulsiv, wirst du verglühen! Kate, Kate, Kate, willst du alle deine Fehler tausendmal machen?

Meine Geliebte, wie kannst du nur schon wieder nur die Männer im Kopf haben? Vergessen ist Francesco, da wartet schon der Nächste. Es ist Sommer und ja, ihr habt alle eure Dates verlassen, weil ihr single sein wollt. Aber ist das wirklich euer Ziel? Dates, Partys und Mode? Mädchen, kein Wunder, dass ihr die Männer verrückt macht! Ist es grad modern, werden sie sitzen gelassen und ihr macht alle einen Singlesommer und wenn kein besserer Kavalier nachkommt, kann man immer noch zum alten Date zurückkehren. Diese Seite kenne ich gar nicht von dir. Machst du immer das, was andere sagen? Wo ist deine Liebe zu Francesco? Wolltest du mit ihm nicht dein Leben genießen und nach Italien auswandern, kleine Bambini bekommen und Wein anbauen, während er die Familie versorgt und im Weingut seine Praxis hat? Du, die Arztfrau mit einem Weingut in der Toskana – so schön waren deine Pläne, so sehr warst du verliebt. Und jetzt? Weil deine Freundinnen die Idee haben, einen Sommer nur Spaß und Party zu machen, ist alles so schnell vergessen. Glaubst du wirklich, dass es so einfach ist?

Oh, wie lange liebe ich dich, wie lange will ich dich schon kennenlernen. Ich würde alles für dich machen, und das vom ersten Moment an. Kate, du kannst doch nicht einfach alles vergessen und alles hinter dir lassen. Wenn du immer so wankelmütig bist, wird dein Leben immer ein Abenteuer sein, aber dass nichts Bestand hat, darüber darfst du dich wohl auch nicht wundern. Mich ärgert es innerlich, mir zerreißt fast mein Herz. Auf der einen Seite möchte ich dich aufwecken, mit einem Kuss, der dich befreit. Du bist meine schlafende Prinzessin, die das Leben nicht wahrhaben will. Auf der anderen Seite würde ich dich gerne anschreien und schütteln, bis du endlich bemerkst, was du falsch machst. Vielleicht ist es auch richtig, dass du immer sagst, du machtest etwas falsch. Du machst immer, was andere sagen, was du machen sollst. Wo ist deine Meinung? Will dein Freund eine sportlichere Freundin, gehst du jeden Tag trainieren, um ihm zu gefallen. Will er eine kluge Frau, buchst du fünf Kurse, die ihn interessieren. Will er eine brave Frau, machst du wieder einen Kochkurs und liest Bücher über das Benehmen einer guten Ehefrau. Und kaum sagen deine Freundinnen, sie wollen einen Sommer mit Spaß, Dates und Partys, ist alles vergessen, was vorher war. Ihr geht jeden Tag in die Strandbar und flirtet. Oh, Kate, du hast es doch gar nicht notwendig, Dates mit Männern zu haben, die dich nicht interessieren.

Oder euer Spiel, wer die meisten Telefonnummern mit nach Hause nimmt, bekommt von den anderen Mädchen eine Flasche Champagner. Das habt ihr doch gar nicht nötig, vor allem du nicht, meine Schöne. Oder wenn ihr zum City-Speeddating geht, ihr macht den Männern doch Hoffnungen. Als du mir gegenübergesessen bist und mit mir geredet hast, waren die Minuten viel zu kurz. Vor allem ihr macht falsche Hoffnungen. Kate, ihr wollt doch single bleiben, zumindest einmal für zwei Monate, im Herbst wollt ihr dann wieder einen Freund haben. Diese Regeln sind doch da, um sie zu brechen. Das kann doch wohl nicht dein Ernst sein. Ist es Spaß, irgendein dummes Spiel um eine Flasche Champagner zu spielen?

Ist das nicht mehr ein Wettkampf, wer von euch die Schönste ist, welche am besten flirten kann, wer den erotischsten Hüftschwung hat? Ihr habt alle gewonnen, nur spielt nicht mit unseren Herzen. Wie gesagt, unser beinahe erstes Date war so schön. Wenn ich nicht gewusst hätte, was ihr gerade vereinbart habt, hätte ich dir fast geglaubt, als du sagtest, du wünschtest dir ein schönes Leben, den richtigen Mann an deiner Seite und eine kleine Tochter. So weit bist du noch nicht, meine Geliebte. Du bist gerade wieder dabei, deine Sturm-und-Drang-Zeit zu revitalisieren. Ich weiß auch nicht, ob ich dich so kennen will.

Vielleicht ist es besser, wir sehen uns ein paar Tage nicht und gehen getrennte Wege. Aber wie gesagt, beinahe hätte ich dir geglaubt, dass du diese Ziele wirklich hast. Was ich dir gerade glauben kann? Ich weiß es nicht. Du spielst mit den Herzen der Männer, und das, obwohl sie es vielleicht sogar ernst mit dir meinen. Kate, ich würde dich auf Händen tragen und hoffen, dass unser gemeinsames Leben ewig dauert. Aber wenn du das Spiel so weitermachst, muss ich dich verlassen, auch wenn ich dich liebe.

Ich kann und will dich nicht vergessen!

Meine Schönheit, ich habe dich schon lange nicht gesehen, du fehlst mir. Ich weiß, so eine Trennung ist nicht einfach, aber für uns war es einfach besser, eine Pause einzulegen. Unsere Ziele waren zu verschieden. Ich kann nicht glauben, dass du immer noch single sein willst. Wie schreibst du in deinem Blog? „Heute in der Strandbar – schöne Männer immer willkommen." Das kann doch nicht dein Ernst sein. Willst du wirklich deine Schönheit für ein paar Longdrinks und ein wenig Champagner verkaufen? Oh, Kate, das hätte ich nicht von dir gedacht. Und was heißt „schöne Männer willkommen"?

Ich bin der, den du lieben solltest. Ist dir etwa nicht einmal aufgefallen, dass ich so lange nicht in deiner Nähe war? Für mich war es die Hölle, meine geliebte Elfe nicht zu sehen, aber unsere Trennung kann für uns beide auch ein neuer Anfang werden. Vielleicht wird dir dann klar, was du gehabt hättest, vielleicht wirst du dann endlich erwachsen und du findest nun endlich heraus, was du willst. Kate, ich weiß, dass du spürst, dass es mich gibt. Du drehst dich manchmal um und wirfst mir einen verruchten Blick zu. Wenn du deinen Freundinnen in unserem Stammcafé zuwinkst, ist es so, als würdest du mich meinen. Unsere Blicke treffen sich doch jedes Mal. Kate, du meine Schöne, vergiss deinen Vorsatz, nimm mich. Ja, ich habe meine Fehler, ich bin nicht perfekt, aber ich kann dich glücklich machen. Du musst es nur zulassen. Es tut mir leid, was ich über dich gesagt habe. Ich werde dich immer lieben, auch wenn du noch manchmal Fehler machst. Du bist jung und du willst das Leben noch genießen, Freude spüren, Kontakte knüpfen und jemanden kennenlernen. Irgendwann wirst du begreifen, dass das, was wir haben, einzigartig ist, dass es verschiedene Formen der Liebe gibt und dass wir einfach zusammengehören.

Kate, ich will dich, nicht nur weil du schön bist, auch wegen deiner Ausstrahlung, wegen deiner Lebensfreude. Seit wir uns getrennt haben, ist mein Leben so leer. Ich würde dich doch so gerne wiedersehen. Wenn es nicht so schwer wäre, dir zu verzeihen. Wir könnten in der Strandbar Champagner trinken, du müsstest mich nicht einmal um meine Nummer fragen. Ich wäre deine Nummer eins und du die meine. Ich würde dir Rosen kaufen und mich einfach nur über deine Gesellschaft freuen. Du wärst die Frau an meiner Seite, die mich glücklich macht. Mein Herz pocht wie wild, wenn ich nur an dich denke. Ich freue mich darauf, deine Augen wiederzusehen und dein Lächeln. Ich will dein Parfüm riechen und dich in deinen neuen Kleidern bewundern. Kate, du bist so schön. Es tut mir so leid, dass ich so verärgert war. Ich würde gerne mit dir einen Abend verbringen. Wir können ja auch einfach nur über die guten alten Zeiten plaudern, über unsere Urlaube, wie schön doch die Tage in Paris waren und wie viel du gelacht hast, als wir in Italien das Leben genossen haben. Wir könnten wieder ein paar Tage verreisen. Du träumst doch immer von einem Weingut. Wie wäre es, wenn wir die Tage in den Bergen verbrächten und ein paar Winzer in Südtirol besuchten? Du könntest wunderbar Italienisch lernen und dort haben sie sicher deine Lieblingsweinmarke.

Ich habe versucht, deinen Muskatwein zu finden, leider habe ich ihn nicht gefunden. Das würde als Versöhnungsangebot von mir kommen, und zwar als metaphorische Friedenspfeife. Einer muss den ersten Schritt wagen und ich würde ihn auf dich zu gehen, dieses Mal nicht nur symbolisch. Vielleicht können wir wieder ein Beinahedate wagen und uns beim Speeddating näher kennenlernen. Ich weiß, dir bedeuten unsere Treffen nicht annähernd das Gleiche wie mir, aber ich würde dich gerne wiedersehen. Vielleicht habe ich ein wenig überreagiert, aber ich will nicht sehen, wie du die gleichen Fehler wiederholst. Ich will dich glücklich sehen und am allerliebsten wäre mir, wenn ich dich glücklich machen könnte und wir gemeinsam viele schöne Jahre erlebten. Wir könnten viele kleine Kinder bekommen und nach Italien fahren, dort, wo wir unseren ersten gemeinsamen Urlaub verbracht haben. Von Francesco, unserem kleinen Unruhestifter, müssen unsere Kinder nichts wissen, wir könnten ihnen sagen, dass in jenem Jahr unsere Liebe stürmisch war, aber durch diesen Sommer immer stärker wurde, bis wir festgestellt haben, dass es wahre Liebe ist.

Ein neuer Mann an deiner Seite?

Der Sommer ist noch nicht zu Ende und du hast einen neuen Freund? Was waren die Vorsätze „Über den Sommer sind wir alle Singles und Partygirls"? Zwei Wochen melde ich mich nicht und schon bist du wieder verliebt. Es soll jetzt etwas Ernsteres sein, dieser Mann hat Potenzial und weiß, was er im Leben will. Du bist so glücklich wie noch nie zuvor. Das soll ich dir noch glauben? Ich weiß, dass es nicht die große Liebe ist. Wie war das noch? „Oh, Francesco, unsere Liebe ist etwas Besonderes." Wie vielen Männern hast du schon in die Augen gesehen und die Liebe versprochen und dann – welche Überraschung – war sie es doch nicht? Ich würde dir so gerne glauben, dass du glücklich bist, aber ich weiß, dass er nicht der Richtige ist. Kate, willst du es nicht wahrhaben, willst du mit Scheuklappen durchs Leben laufen?

Du und ich sind füreinander bestimmt. „Was Gott zusammenfügt …" – diesen Spruch hast du doch schon einmal gehört. Er hat uns nebeneinander gesetzt, an einem Ort, wo das Leben nicht schöner sein kann. Du warst mein Lichtblick, ein Stern, der alle anderen überstrahlt. Durch dich weiß ich wieder, was Liebe ist. Ich will mit dir glücklich sein. Warum fliegst du immer von einer Blume zur anderen? Hast du den Schmetterling aus Vietri noch oder das Buch, das ich dir geschenkt habe? Ich kenne dich besser als diese Jünglinge, die du triffst. Ich weiß, was du willst. Kate, du suchst doch einfach nur dein Glück. Ich würde dir Zeit geben, dich selbst zu finden, du müsstest dich nicht ändern, du könntest auch so glücklich werden. Was wollt ihr am Wochenende unternehmen. Das Event der Saison und hat er VIP-Tickets. Keiner kommt rein, die Tickets sind schon ausverkauft.

Das wollen wir erst mal sehen! Ich werde mir Tickets besorgen und dann werde ich mir deinen „Freund" ansehen, ob er wirklich so perfekt ist, wie du sagst. Auch ich habe in meinem Leben schon viel erreicht, auch ich weiß, was ich vom Leben will. Ich würde gänzlich in dein Männerprofil passen: erfolgreich, humorvoll, charismatisch. Warum willst du mich nicht sehen? Du warst schon so lange nicht mehr bei unseren Dates. Jetzt weiß ich auch, warum. Ich kann es in deinem Blog lesen: „Oh, es war so schön, wir haben ein Picknick am See gemacht" oder „Wir hatten so einen schönen Tag. Mein Schatz hat mich zum Essen eingeladen und mit einem Strauß Rosen überrascht". Was kommt da noch? Träumst du wieder vom perfekten Mann und vom perfekten Leben? Mädchen, ihr kennt euch zwei Wochen und junge Männer sind hinterhältig. Am Anfang stehen sie mit Rosen vor der Tür und am Ende kannst du ihnen das Lieblingsessen kochen und das Bier für die Männerrunde holen. Er will dir imponieren. Die jüngeren Männer wissen, wie sie schöne Frauen umgarnen. Sie sind beeindruckend und perfekt, aber je länger ihr ein Paar seid, umso mehr wirst du für ihn machen. Du wirst schon sehen, du bist nicht die erste schöne Frau mit einem Kavalier.

Wir reiferen Männer bleiben Kavaliere und schenken immer gerne Rosen. Wir haben eine Frau noch erobert und mussten sie nicht beeindrucken. Wir haben Briefe und Gedichte geschrieben, in denen wir unsere Gefühle offenbart haben. Es gab immer wieder kleine Geschenke, nicht nur am Jahrestag oder am Geburtstag oder wenn wir Hintergedanken hatten. Auch mal so, zwischendurch, aus reiner Liebe, als Anerkennung für dieses warme, schöne Gefühl. Sei mal ehrlich! Glaubst du wirklich, dass dein Freund immer der warme Sonnenschein bleibt, der dich täglich überrascht? Irgendwann gehen ihm die Ideen aus und der Alltag holt euch ein. Diese Beziehung wird wieder enden. Ich sehe es schon kommen, meine Schöne. Liebe wächst mit der Zeit, nicht von heute auf morgen. Meine Prinzessin, du siehst wohl immer nur das schöne, süße Leben. Der Alltag wird auch dich wieder ein- bzw. überholen und dann wirst du wieder weinen. Ich sehe dich schon wieder auf deiner Terrasse sitzen und was willst du dann machen? Wieder einen Flirtkurs oder noch einen Kochkurs? Denkst du wieder an eine Brustvergrö-ßerung oder eine neue Sprache? Lern doch endlich, dass man nicht immer alles beeinflussen kann. Dein Prinz wird sich schnell als gewöhnlicher Mann entpuppen und dann werde ich wieder mit dir leiden. Ach, meine Schöne!

Dein Prinz sitzt aber gut im Sattel

Holde Schönheit, ich nehme alles zurück. Es sieht so aus, als ob du dieses Mal wirklich glücklich wärst. Du hast dein schönes, langes weißes Sommerkleid getragen und auch die Haare wachsen schon wieder über deine Schultern. Deine Locken wehen auch wieder. Ach, wie hast du mir gefallen. Ich wäre am liebsten zu dir gelaufen und wollte dich auf die Wange küssen. Nur zu unserer neu gewonnenen Freundschaft. Ich freue mich für dich. Du bist so schön, du strahlst richtig an der Seite deines Prinzen und er wirkt, als würde er dich lieben. Seine Freunde sind deine Freunde und verstehen sich mit deiner Clique. Das ist ja einmal ein guter Anfang. Deine Mutter hat der Nachbarin erzählt, du willst seine Mutter kennenlernen. So ernst ist es also schon. Ich will fair sein und gebe mich geschlagen. Vielleicht können wir ja Freunde werden, wenn du so schön und glücklich bist. Geliebte Schönheit, du hast es dir verdient. Wie viele Frösche hast du schon geküsst, wie viele Dates hattest du schon, von denen du ganz traurig nach Hause gekommen bist? Wie schnell war deine Liebe vergessen oder wie schnell wurdest du abserviert? Weißt du noch die E-Mail mit „Sorry, Süße, ich glaube, wir zwei sind einfach nicht kompatibel"? Wenn du es nicht deinen Freundinnen erzählt hättest, könnte man glauben, das war ein Film oder eine Serie, aber nicht im richtigen Leben. Aber wie heißt es immer so schön? Jeder Filmstoff hat ein Körnchen Wahrheit. Aber was mich am meisten freut, ist, dass du endlich selbst Ziele hegst, denn was habe ich gehört? Du machst einen Motivationskurs und willst einen regelmäßigen Job ausüben, nicht mehr von den Events leben, zu denen du eingeladen wirst.

Das hört sich gut an. Es ist also langweilig, wenn dein Freund in der Arbeit ist, und ein Studium macht er nebenher auch noch. Jetzt willst du dich auch engagieren und den Sprung in ein neues Leben wagen und so willst du herausfinden, was deine Stärken und Schwächen sind. Meine Schöne, mach das, such dir ein Ziel und eine Perspektive! Dann ist dir auch nicht mehr so langweilig, wenn er immer arbeitet und studiert. Neidlos erkenne ich meinen Verlust an. Ich würde deinem Freund gerne die Hand geben. Er scheint dich glücklich zu machen und du stellst ihn auch offiziell als deinen Freund vor. Diesmal ist es also keine Affäre und kein Lebensabschnittsbegleiter. Du liebst ihn von Herzen, alles läuft so richtig gut. Freut mich, doch wie es mir dabei geht, fragst du gar nicht, wenn ihr beide aus der Zeitung lacht. Bei den Adabeis auf Seite 7 habe ich euch gesehen. Ihr seid das neueste interessante Paar: er der erfolgreiche Geschäftsmann, du die strahlende Schönheit. Euch muss man einfach nur beneiden. Kein Wunder, dass ihr von Seite 7 lacht. Lacht mit der Sonne um die Wette, wir anderen, die uns so eine Liebe wünschen, sollen euch beneiden, aber diesen Gewinn bekommt er nicht. Ich schüttle ihm als fairer Verlierer die Hand, aber das war es auch schon. Mehr kannst du von mir nicht erwarten, meine Schönheit.

Ich übergebe dich deinem Prinzen, ich gratuliere ihm, dass er im Sattel bleibt. Auch dir wünsche ich alles Gute, verfolge deine Ziele. Ihm wünsche ich gar nichts. Es muss genug sein, wenn ich mich geschlagen gebe – auch ohne Duell und ohne Szene. Ihr zwei lacht nur von Seite 7, lacht mit der ganzen Welt. Dein Blog ist ja schon fast kitschig: „Wir zwei am Event letztes Wochenende, die weiße Nacht, sind wir nicht ein schönes Paar?"

Ruf es in die ganze Welt, lass mich noch mehr leiden, aber weißt du was? Ich leide geheim, ich muss nicht öffentlich meine Trauer hinausschreien. Ich geb' ihm die Hand und wünsche euch alles Gute, ein langes Leben und, Kate, bleib dir selbst treu. Versuch nicht, Karriere zu machen, um mit ihm mitzuhalten, verfolge deine eigenen Ziele. Mach diesen Kurs, aber nicht, weil er immer in der Arbeit ist, mach ihn, weil du für dein Leben eine Perspektive willst. Ich liebe dich trotzdem. Wie war das? Du lernst seine Mutter kennen. Willst du das wirklich? Wäre es nicht viel schöner, wenn wir bei mir auf der Terrasse mit deiner Mutter Kaffee trinken und Kuchen äßen? Ich hätte auch eine gute Flasche Wein im Weinkeller. Oh, Kate, wir könnten doch auch bei mir auf der Terrasse sitzen. Dann müsstest du seine Mutter nicht kennenlernen. Deine kenn' ich schon.

Mein Kind,
du bist schon wieder unglücklich?

Ich habe es mir doch schon fast gedacht. Ich wollte noch, dass du bei mir Kaffee trinkst. Du hättest auch deine Mutter mitnehmen können. Was war der Schock? Die Mutter selbst oder dass er Frauen liebt, die seiner Mutter ähneln? Kate, sei nicht traurig, noch seid ihr das Glamourpaar. Du kannst ihn nicht verlassen, aber du willst ihm klarmachen, dass du selbst deinen Charakter hast und nicht das optische Ebenbild seiner Mutter werden willst.

Als sie gesagt hat, sie hätte ein schönes Etuikleid für dich, hast du noch gelacht und dich gefreut, dass sie nett ist. Als sie dann gesagt hat, du müsstest dich elitärer kleiden und nicht nur der neuesten Mode entsprechen, da wurdest du ruhig. Aber warum hast du nicht gesagt, dass du die neueste Mode aus Neapel und Paris trägst, dass ein paar deiner Kleider erst im nächsten Jahr modern werden, dass du aber gerne einmal mit ihr einkaufen gehst? Meine Schöne, du hättest ihr nur sagen sollen, dass du genug Klamotten hast und immer dem Anlass entsprechend auftrittst. Von Kaffee und Kuchen erwartet man sich auch keine Kleiderordnung, wie wenn man zum Brunch bei Queen Elizabeth II eingeladen ist!

Am liebsten würdest du wieder nach Italien fahren, aber dort ist es jetzt zu kalt. Der Winter steht vor der Tür, der Schmetterling will wieder flügge werden. Du willst weiter zur nächsten Blume, meine Inspiration. Ich wusste, dass es dir im goldenen Käfig wieder zu langweilig wird, dass du wieder wegwillst. Du musst fliegen, du kannst nicht einfach rumsitzen und nichts machen. Ach, meine Schöne, diese Reiselust haben wir gemeinsam. Wo wollen wir denn dieses Mal hinfahren? Wollen wir ein neues Land bereisen oder ein neues Ziel sehen?

Wir könnten auch wieder ein paar Tage nach Paris fahren. Dort hat es dir doch so gefallen. Ach, meine Geliebte, lass uns nach Frankreich pilgern, nach Burgund Wein trinken oder an die Côtes du Rhône, nur ein paar Tage, du und ich! Aber du willst mit ihm reden und ihm noch eine Chance geben, obwohl das erste Zusammentreffen so katastrophal verlaufen ist. Weißt du denn nicht, dass man mit einem Mann auch seine Familie heiratet? Du warst nur froh, dass sie über die Kleiderordnung geredet hat, nicht dass sie auch noch über deine Ausbildung schimpft, weil ihr braver Junge doch arbeitet und studiert. Du bist am Überlegen, selbst noch eine Ausbildung zu machen. In der Schule warst du doch auch immer gut, du wolltest nur damals nicht mehr lernen. Kate, mir wäre deine Ausbildung egal, bei mir könntest du machen, was du willst. Wozu sollen wir beide studieren? Es reicht doch, wenn es einer gemacht hat. Du bist jung, du kannst dich noch bilden und musst dich nicht nur auf deinen Mann verlassen, aber, Kate, rede doch nicht wieder von deiner Zukunft, die du noch nicht hast. Du bist jung, du bist nicht verheiratet und bei allem bist du wirklich nur deswegen wieder unglücklich.

Meine Geliebte, lass uns nach Frankreich fahren und Wein trinken. In einem anderen Land sieht das Leben wieder ganz anders aus. Spann ein paar Tage aus, genieß das Leben und dann weißt du wieder, was du willst. Ich hoffe, du weißt dann endlich, dass du mich willst. Ich weiß, dass wir glücklich werden können. Bei uns wäre die Liebe im Mittelpunkt. Willst du wirklich eine Familie haben, die dich passend machen möchte, dass du wieder dich selbst veränderst und dabei unglücklich wirst?

Du hast es einmal gewagt, zu springen. Spring noch ein zweites Mal, geh in ein anderes Land und sei einfach du selbst. Flieg mein Schmetterling, meine Muse, flieg weg! Sammel dich und sieh nach, was du in deinem Leben machen möchtest. Mach nicht wieder nur das, was andere von dir erwarten, lass dich treiben, finde dich und dann mach, was du willst. Folge deinem Herzen, aber nicht nur wegen eines Prinzen, der vermeintlich gut aussieht und alles hat, was du dir wünschst. Wenn er dein Prinz wäre, müsstest du dich nicht von seiner Mutter anpöbeln lassen, er würde in die Bresche springen. Ich würde dich verteidigen und meiner Mutter sagen, dass du meine Frau bist, nicht ihre Modepuppe. Ach, meine Schöne, sei doch nicht wieder unglücklich.

Winter

Auf Sonnenschein folgt Schneefall

Eine weiße Decke zieht übers Land,
alles verändert sich und
am Ende am meisten man selbst.

Aus und vorbei!
Wie schön doch die Welt sein kann.

Ach, meine Liebe, du bist also seit heute Früh wieder single. Ich habe zufällig euren Streit gehört, ich musste meine Apfelbäume zurückschneiden. Es war fast wie der Klang von Vogelstimmen, als ich euch hörte. Die Natur, du trennst dich von deinem Freund, ach, was für ein schöner Morgen! Ich musste sogar lachen. Ich habe gar nicht gewusst, dass du so eine Wildkatze bist. Dein Temperament war richtig erfrischend. Ich hätte sogar fast eure Apfelbäume auch noch mit geschnitten, so eine Gänsehaut lief mir über den Rücken. Oh, ich war in meinem Herzen richtig bei dir, aber, Kate, ein schöneres Geschenk hättest du mir gar nicht machen können.

Ich habe bald Geburtstag und meine Muse ist wieder single. Vielleicht könntest du als Geschenk vorbeikommen. Das wäre wohl ein Zeichen, dass ich wahrscheinlich gestorben bin, denn dann wäre ich im Himmel. Meine geliebte Schönheit, du weißt nicht, was du heute Abend machen willst. Komm rüber und wir feiern ein Fest. Für dich würde ich meine Champagnerflasche aus dem Weinkeller holen. Du hast schon alle deine Freundinnen angerufen und in deinem Blog gepostet. Alle wollen dich trösten. Also schau, du musst nicht traurig sein, du hast viele Freunde und auch sehr, sehr nette Nachbarn. Lass uns feiern: meinen Geburtstag, dein Leben und unsere neue Chance. Lass uns einfach vergessen, was vorher war, Kate. Ich möchte dich in meine Arme nehmen und mit dir tanzen, wie damals in Italien, auf offener Straße, wo wir so verliebt waren. Das war etwas, das muss man machen, bevor man dreißig ist. Lass uns wieder ans Meer fahren. Wir können in einen Jachtklub essen gehen und Muskatwein trinken, so wie damals in Italien.

Wie schön war doch die Zeit und wie schnell ist sie vergangen. Ich bin heute so glücklich, ich denke an unseren wunderbaren Urlaub. Ich gehe schnell meine Fotos holen und sehe sie mir an, dann schau' ich noch schnell, was meine Liebste für Neuigkeiten in ihrem Blog schreibt. Wie schön war doch die Zeit, aber wir können gerne wieder verreisen. Aber du musst ja jetzt sehen, ob du bei deinem Motivationskurs freibekommst. Ein paar Tage gehen immer wieder. Wir könnten auch wieder nach Südtirol fahren.

Kann ich denn glauben, was ich da lese? Wo willst du hinfahren? In die Alpen. Du willst Fun, Action und Party. Kate, du bist doch kein Stammtischmädchen, das Hüttengaudi und Après-Ski mitmacht. Du willst einen neuen Sport lernen und hast dir einen Skilehrer gebucht. Du hast auch extra in die E-Mail geschrieben, dass sie dir einen jungen, gut aussehenden geben sollen, mit dem man gut reden kann und der auch einmal ein wenig Après-Ski-Unterricht erteilt. Ach, Kate, du bist mir eine. Meinst du das wirklich ernst oder spinnst du gerade ein wenig herum? Eine Freundin von dir fährt auch mit. Zwei Mädchen, viele Kleider und ein Skilehrer. Der arme Mann, der kann gleich seinen Job kündigen. Glaubst du wirklich, dass er mit euch beiden fertigwird? Und Skifahren willst du auch noch lernen. Das ist doch viel zu gefährlich. Weißt du gar nicht mehr, wie du letztes Jahr mit einer deiner Affären Snowboard fahren gehen wolltest?

Du hast dir gleich die neueste Ausrüstung beim Sporthändler bestellt, nach einer Stunde hattet ihr so gestritten, dass du gesagt hast, du willst nicht mehr. Alle haben euch angeschaut, sogar die kleinen Kinder haben zu weinen begonnen, als ihr gestritten habt. Kate, glaub mir, meine Schöne, du kannst viel lernen und alles machen, die ganze Welt steht dir offen, aber Wintersport ist nicht deine Sache. Umso mehr freue ich mich, zu sehen, wie du die Skischule auf Trab hältst, wenn du dir „deinen" Skilehrer aussuchst. Das kann ja heiter werden, aber gut, du hast etwas Spaß verdient. Ich hätte zwar mehr an eine Weinreise oder einen Sprachkurs gedacht, wie du es sonst immer machst, wenn du einen Mann verlässt, aber ein Sportkurs an der frischen Luft schadet nicht. Ich muss gleich ein Zimmer buchen und schauen, ob sich im Keller meine alten Skier noch finden. Ich bin ja auch schon ein paar Jahre nicht mehr gefahren. Das wird sicher lustig. Die Geschichte von Mama und dem Privatskilehrer können wir unseren Kindern erzählen.

Die erste Skistunde –
die Alpen lernen ein Glamourgirl kennen

Meine Schöne, dein Skianzug sieht so schön aus. Du siehst aus wie ein richtiger Schneehase. Deine Schneebrille funkelt, die Kristalle auf deiner Schirmkappe sehen richtig gut aus, der weiße Anzug sieht besser aus als der schwarze, auch wenn er etwas teurer war. Ich musste so lachen, als du im Geschäft warst und gefragt hast, wenn du nach deiner Skistunde merkst, dass der Anzug nichts für dich ist, ob du den dann zurückgeben könntest. Die Verkäuferin hat geschmunzelt. Die versteht dich noch nicht. Wie denn auch? Die kennt dich nicht.

Bist du also nervös vor morgen, vor deiner ersten Skistunde? Als Vorbereitung seid ihr ja gleich noch in die Indiskothek gegangen, aber auch nur bis zum nächsten Morgen. Das fängt ja schon gut an. Du machst Party ohne Ende und morgen willst du eine neue Sportart lernen. Ich will nicht zu streng sein, es ist ja dein erster Abstecher in die Berge. Wie bist du auf diese Idee überhaupt gekommen? Ja, ich kann mich wieder erinnern. Dein Freund hat dich verlassen und du und Kitty habt euch betrunken. Zwei hübsche betrunkene Mädels. Vielleicht hätte ich einfach klingeln sollen. Ihr habt so schön getanzt und gesungen. Aber wie ihr dann auf die Urlaubsidee mit dem Skilehrer und dem Design-Hotel gekommen seid, das weiß ich nicht mehr. Ich war dann ganz berauscht von eurem Tanz, es war, als würden zwei Waldgöttinnen tanzen, um das Frühjahr herbeizubeschwören, damit die ersten Blumen wieder sprießen können. Ihr wart so schön. Ich hätte wirklich einfach klingeln sollen, das wäre vielleicht meine Chance gewesen.

Aber heute hast du deine erste Stunde, du kannst direkt auf der Piste sehen, ob die Vorsätze, die die Feuerzangenbowle gebracht hat, wirklich so gut umsetzbar sind. Aber lustig wird es sicher, es ist heute ein schöner Tag. Also auf in die Skischule! Ich bin mal auf den (armen) Skilehrer gespannt. Meine Schöne, also nachdem du dich ausgeschlafen hast, siehst du wieder wunderschön aus. Die Party war schon anstrengend, heute gehen wir früher ins Bett.

Dein Skilehrer gefällt dir also, aber deiner Freundin nicht. Ihr wisst nicht, ob ihr ihn umtauschen sollt. Mädchen, seid doch erwachsen! Ihr könnt nicht einfach einen Menschen umtauschen, weil er euch nicht gefällt. Habt ihr noch ein bisschen Partylaune von gestern? Ich wusste, dass es mit euch beiden nicht einfach wird. „Wehe, wenn sie losgelassen" trifft es wohl am allerbesten. Ihr zwei Partykanonen, ihr wollt doch Skihasen werden, nicht nur alle Diskotheken der Alpen testen. Aber eine Idee folgt auf dem Fuße: Deine Freundin nimmt sich einen eigenen Skilehrer, einen, der ihr auch gefällt. So ist jede von euch zweien glücklich. Ihr seid mir schon zwei Hühner, aber das ist schon richtig. Im Urlaub muss man es sich gut gehen lassen und sich auch etwas gönnen. Normalerweise meint man dann ein, zwei Gläschen Wein und ein gutes Essen, aber ihr hattet Spaß und es sieht ja schon sehr gut aus. Der Skilehrer hatte auch sichtlich Spaß. Ihr trefft euch heute noch zum Après-Ski. Das kann ich aber nicht verstehen. Bist du denn nicht müde? Tun dir nicht die Beine weh? Heute muss ich mich wirklich bemühen, dass ich nicht ins Bett falle, aber im Urlaub muss man auch mal Après-Ski machen. Also werde ich mich aufraffen und mit euch zwei süßen Skihasen Party machen. Ach du, ich glaube, du wirst gar nicht müde. Wo wart ihr? Ich und eure Skilehrer haben in der Bar gewartet. Weißt du, was sie gesagt haben? „Diese Landeier werden wahrscheinlich ins Bett gefallen sein", und dann haben sie gelacht und ein Bier getrunken. Das musste ich sehen. Ich habe mich auch noch in deinen Blog eingeloggt. Was schreibst du? Die Berge sind schön, nur Wintersport ist hart. Das hätte ich dir auch vorher sagen können, dass du nicht die besten Voraussetzungen dafür hast. Wie gesagt, ich weiß noch, wie wir zwei damals snowboarden waren. Das war ja auch so ein Tag. Wir haben nur gestritten. Sag, weißt du das noch? Schatz, ich liebe dich.

Boarderparty und Alpenglühen

Kate, meine Schönheit, du hast auch immer ein Glück. Kaum bist du auf Skiurlaub, wirst du auch schon zu einer Boarderparty eingeladen. Du bringst doch noch Stimmung auf die Piste. Solche Mädels braucht das Land. Ich hätte nicht gedacht, dass du im Schneegestöber so durchhältst. Dein Skikurs sah heute schon richtig gut aus und als Belohnung geht es also heute Abend zur Boarderparty. Ich muss sehen, ob ich noch Karten bekomme, aber im Hotel war die Dame von der Rezeption sehr zuversichtlich. Ich hoffe, dass wir heute feiern. Morgen hast du ja keinen Kurs gebucht, da können wir wieder bis in den Morgen feiern.

Meine Schöne, du hast schon wieder nur Augen für den Falschen. Der von gestern ist auch wieder keiner, der für dich gut ist. Willst du immer nur Frösche küssen? Ich habe gedacht, du wärst dir doch schon im Klaren, dass diese Affären dich nur ins Unglück stürzen. Es ist nicht immer die große Liebe, nur weil jemand nett ist. Ich konnte euch heute beim Frühstück hören, wie du deiner Freundin von dem netten Mann erzählt hast, den du kennengelernt hast. Dass er ein Abenteurer ist, der gerne in den Bergen ist und nur im Winter hier arbeitet. Du willst auch einmal auf einen Berg steigen. Das ist mir ja ganz neu. Du kannst nicht mit Stöckelschuhen oder Slingpumps und deiner Designerhandtasche einen Berg erklimmen. So ein Mädchen bist du doch nicht! Kate, du bist schön, aber du bist keine Bergsteigerin. Ach, meine

Schöne, du träumst schon wieder. Der junge Mann scheint dir ja gewaltig den Kopf verdreht zu haben. Wie hast du gesagt? Du bist direkt vom Inklub ins Hotel gekommen, die Pistenraupen haben schon den Schnee präpariert, es war schon Vormittag. Genieß deine Tage im Schnee, aber träum nicht wieder von einem Leben, das ein anderer lebt. Du und Bergsteigen? Ich muss lachen. Wenn du einen Gipfel erklimmst, schreibe ich dir ein Liebesgedicht ins Gipfelbuch. Du wirst es aber nicht zu Gesicht bekommen, weil du den Gipfel gar nicht erreichst. Ich habe gestern auch deinen Privatlehrer getroffen, wir haben uns prächtig unterhalten. Er hat morgen frei und freut sich total darüber. Er hat gesagt, er habe so eine Möchtegern-Paris-Hilton, die sich freigenommen hat, weil sie einen Muskelkater hat und morgen lieber mal den Wellnessbereich des Hotels nutzen will. Sie habe eine Massage gebucht und er wüsste ja gar nicht, was das für ein Stress ist, wenn man in einem Design-Hotel lebt. Man hat jeden Abend ein Galamenü und dann sind hier so viele tolle Events, das muss man einfach einmal gesehen haben. Wir haben gelacht, Kate. Wenn ich nicht gewusst hätte, dass du seine Kundin bist, hätte ich nicht so geschmunzelt. Aber er freut sich, weil du nicht so schlecht fährst und er endlich wieder einen Tag frei hat. Aber verstehen wird er so was nie, wie es Stress bedeuten kann, wenn man in einem Design-Hotel eincheckt. Das bist halt du, meine Kate, das bist eindeutig du.

Morgen wollt ihr also shoppen und relaxen. Ich freu' mich schon auf den Whirlpool. Ich hoffe, du hast wieder deinen schönen Bikini mit, den wir damals in Amalfi gekauft haben. Den weißen, der deine Bräune so schön zur Geltung bringt. Damals in Italien, da hatten wir noch keinen Stress wegen des Hotels und der Verpflichtungen, die man dort mitbringt. Da waren wir einfach zwei Touristen, die sich vom italienischen Flair, der Musik und dem Ambiente verzaubern ließen. Ich liebe dich, meine Schöne, wie gerne würde ich mit dir nach Italien fahren und diesen Urlaub noch einmal genießen. Aber dieser Urlaub ist auch schön, wenn du nur nicht immer fremdflirten würdest. Der Wellnessbereich war eine gute Idee. Ich hoffe, du hast deine Massage und Beautybehandlung genossen. Du hast sie dir redlich verdient, nach deinem anstrengenden Sportprogramm, aber warum willst du dich wieder mit diesem Bergsteiger treffen? Was haben die Berge plötzlich in deinem Gedankengut verloren? Kate, du bist eine Waldfee, eine Muse, aber doch keine Bergsteigerin. Er holt dir wieder die Sterne vom Himmel. Willst du wirklich wieder den Falschen küssen? Küss doch einfach mich!

Rückkehr

Die Tränen werden trocknen. Wein dir doch nicht wieder die Augen aus. Lach, freu dich doch, dass du einen schönen Urlaub hattest. Du hattest Spaß, du warst so schön. Dein neues Skioutfit hängt im Kasten und du weinst, weil du deinen Bergsteiger nicht mehr wiedersiehst. Träumst du etwa schon wieder von der großen Liebe? Du würdest ihn so gerne in deine Arme nehmen. Was glaubst du, wie es mir mit dir geht? Warum hast du wieder ihn erwählt und nicht mich? Ich war im gleichen Hotel, habe am Nebentisch gegessen, nicht einmal hast du dich zu mir gesetzt, du wolltest an der Bar keinen Champagner mit mir trinken. So eingenommen warst du von ihm. Und alles ist wieder beim Alten: Du träumst von der großen Liebe, du öffnest dein Herz und wirst wieder enttäuscht. Ich sehe dich wieder weinen, aber nicht vor Sehnsucht, sondern aus unerfüllter Liebe.

Schenk ihm doch nicht dein Herz. Er ist ein Hallodri, er wohnt mal hier, mal dort und du, mein Herz, du gehörst doch zu mir. Vielleicht leben wir irgendwann nicht mehr Tür an Tür, vielleicht leben wir irgendwann zusammen in unserem Haus am See. Der Weinkeller gefüllt mit guten Tropfen, das obere Geschoß des Hauses erfüllt mit Kindergelächter. Deine Mutter kommt mit frischem Kuchen und du servierst uns Kaffee.

Das Leben könnte so harmonisch sein. Du müsstest nur einfach sehen, dass du nicht in ein anderes Leben gehen kannst, nur weil du es gerade willst. Mit dem Bergsteiger wirst du nicht glücklich, du bist keine Sportlerin, auch wenn du wieder ins Fitnessstudio gehst. Obwohl ich sagen muss, das Training tut mir richtig gut. Ich habe sogar schon ein wenig abgenommen. Wenn wir weiter trainieren, werde ich im nächsten Sommer richtig gut aussehen. Zwar nicht so gut wie du, meine Hübsche, aber du motivierst mich richtig, wenn du auf dem Ergometer und dem Laufband schwitzt. Aber bitte, tu mir den Gefallen und red nicht mit den Muskelprotzen. Die haben nur eines im Kopf: ihre Muskeln.

Der Bergsteiger meldet sich also immer noch. Ach, den wirst du schnell leid sein. Was macht er als Nächstes? Segel- und Surflehrer auf Gran Canaria. Du willst wirklich hinfliegen und ihn besuchen? Kate, das bringt doch nichts, das wird so, wie du in Italien arbeiten wolltest. Wir haben doch nur gefeiert und das Leben genossen. Warum willst du plötzlich zu ihm? Meine Schöne, du träumst immer von der ganzen Welt, dabei könnten wir zu Hause unsere eigene Welt haben. Wir müssten sie nur schaffen. Ich sehe unser Haus am See, unsere spielenden Kinder, Musikabende vor dem Kamin und sehr viel Liebe.

Aber du träumst von Gran Canaria, nur weil er dort ist. Willst du ihm wirklich nachfliegen? Was hast du davon? Manchmal müssen Träume einfach nur Träume bleiben. Das sind Illusionen, die mit dem Leben nicht verhaftet sind. Du, meine Träumerin, bist schon wieder naiv und willst alles werden, was er will. Kate, bleib hier, bei mir. Lass uns wieder nach Italien fahren und eine Kulturreise buchen. Wir können wieder durch Pompeji schreiten, du warst doch so begeistert von dem alten Amphitheater, das vom Vesuv verschüttet wurde. Lass uns reisen, aber weil wir es wollen, nicht weil du glaubst, dass dein neuer Bekannter deine neue Liebe wird. Es war ein Flirt, eine kurze Affäre, auch wenn er dir in guter Erinnerung ist. Er ist ein Trostpflaster, ich bin die Zukunft. Wir können ein Leben haben, das sich andere wünschen. Wir könnten uns gegenseitig die Liebe schenken, die du schon so lange suchst.

Für mich musst du nicht auf einen Berg steigen oder Skifahren lernen oder einen Italienischkurs besuchen. Auch das Flirtseminar und den Kochkurs kannst du dir sparen. Ich will einfach mit dir nach Italien und wieder so glücklich sein wie letzten Sommer. Wir können eine Katamaranfahrt buchen, wenn du ein Abenteuer suchst. Wir können uns eine Vespa ausleihen und die Weingüter besuchen, eines nach dem anderen. Wir können … ach, meine Geliebte, wir können alles, du musst nur bemerken, dass er es nicht ist. Ich bin doch so nah, aber du bist schon wieder in der Ferne. Geliebte, wo soll die Reise hingehen? In die Zukunft voller Glück und Liebe oder auf die nächste Sandbank, wo dein Schiff strandet?

Ich weiß nicht, wie viele Enttäuschungen ich noch ertrage. KATE, ER IST ES NICHT!

Wieder geht ein Jahr

Meine Geliebte,

unsere Liebe wächst schon so lange.
Lass uns endlich gemeinsam wachsen.

One-Way-Ticket Part II – Flug nach Gran Canaria

Kate, du tust es also wirklich, du fliegst in dein Unglück. Alle haben zu Hause gelacht und gemeint: „Ja, das ist unsere Kate, wie sie leibt und lebt. Sie fliegt einfach one way." Wenn wir dich nicht schon kennen würden, wären wir jetzt geschockt. Deine Mutter war wieder bei der Nachbarin und hat wieder nur gemeint, was sie mit dir noch tun solle. Du wärst so ein hübsches, nettes Mädchen, aber welche Ideen du immer hast. Sie hat sogar schon überlegt, dich zur Psychologin zu schicken. Deine Männersuche ist ja langsam etwas überdurchschnittlich für ein Mädchen in deinem Alter, aber es war kein Termin zu kriegen. Die Nachbarin hatte schließlich eine gute Referenz, sie war ja selbst in Behandlung, als das anfing mit dem Älterwerden. Das war eine schwere Zeit damals, aber ihre Therapeutin war sehr einfühlsam und auch nicht zu teuer.

Kate, so geht es in eurem Garten zu. Alle machen sich wieder einmal Sorgen. Vielleicht solltest du echt einmal zu einer Psychologin gehen. Die kann dir helfen, den Richtigen zu wählen. Ich bin immer für dich da und würde auch das verstehen. Du musst dich gar nicht ändern. Auch ich hatte meine schweren Zeiten. Das Leben ist nicht immer einfach, aber alles wird gut, man muss nur darauf vertrauen. Ich liebe dich, auch wenn du immer wieder wegfährst und dich suchst und die falschen Männer anhimmelst. Ich liebe dich um deiner selbst willen, deiner Natürlichkeit und deiner Schönheit. Er wird das nie schaffen, er wird dich immer ändern wollen. Oh, Kate, meine Geliebte, mein Stern, du bist auch so perfekt. Man muss dich nur lieben, wie du bist. Am meisten fängt das bei dir selbst an.

Du hast also deinen Schmuck, den deines Exfreunds, versetzt, um dir das Ticket zu kaufen? Kauf dir lieber ein schönes Kleid oder ein paar Schuhe. Flieg nicht wieder in ein fremdes Land wegen eines dir fremden Mannes. Er ist deiner nicht würdig! Er ist nicht perfekt. Niemand ist das. Auch wenn dein Herz Liebe schreit, hör doch auf deinen Verstand. Irgendwann bricht dir deine Lebenslust noch dein Genick. Folge nicht immer nur deinem Herzen, hör einmal auf deine Mutter. Sie liebt dich, sie macht sich Sorgen.

Ich finde es gut, dass du dich von Vergangenem löst, aber gleich wieder mit offenen Armen in das nächste Abenteuer zu laufen, glaubst du wirklich, dass das gut für dich ist? Ich mache mir mindestens genauso viele Sorgen wie deine Mutter, wenn nicht noch mehr. Ich würde auch mit dir zur Paartherapie gehen. Ich würde dich begleiten. Gemeinsam würden wir das schon finden, was du suchst. Ich habe es gefunden, indem ich dich gefunden habe. Meine Liebe, aus ganzem Herzen. Ich glaube, wir sind füreinander bestimmt. Was wir schon alles erlebt haben! Ich werde auch mit dir wegfliegen. Aber, Kate, ich weiß schon jetzt, wie es werden wird: Deine Liebe wird sich als weiterer Flop erweisen. Dieser Mann ist ein Wandervogel, er hat keine Heimat, genauso gehört sein Herz vielen Mädchen. Glaubst du, dass du je seine Einzige sein wirst?

Oh, Kate, du machst mich wahnsinnig. Es geht also wieder los, dabei könnten wir im Paradies leben. Du könntest auch hier wandern, wenn du es denn unbedingt willst. Aber noch schöner wäre es, wenn wir am See lägen und ein Picknick genössen. Wir könnten eine italienische Jause zubereiten. Unser Horizont wäre das Westufer, wir könnten auch wieder einmal segeln gehen. Wie schön war doch der Sommer damals. Wir waren so glücklich, du warst so schön. Damals musstest du nicht wegfliegen, du warst einfach nur so schön. Mit deinen langen Haaren, deinem grazilen Körper. Die Brust-OP, die du gar nicht nötig hattest, das waren unsere Kopfschmerzen, nicht wie wir schnell wieder das Paradies verlassen. Ach, wär ich doch dein Adam und du meine Eva. Ich würde die Schlange erwürgen, wir würden im Paradies bleiben. Für immer!

Eine verlorene Liebe und eine neue Suche

Ich hab' es dir doch gesagt! Du wolltest es wieder nicht wahrhaben. Sein Herz wird nie dir gehören, niemals. Stell dir mal vor, du verliebst dich in einen Matrosen. Wie könntest du dir seiner sicher sein, wenn er von Hafen zu Hafen fährt? Kein Wunder, dass du wieder traurig bist, meine Schöne. Du sitzt alleine im Pavillon und er besteigt alle Berge. Niemals gehört sein Herz dir. Auch wenn du alles machst, um ihm zu gefallen, du bist immer nur irgendwo auf seiner Liste und dann sitzt du an den schönsten Plätzen und weinst wieder, nur weil du mal wieder alleine bist. Kate, was hilft es dir jetzt wieder, wenn du eine neue Sprache lernen möchtest? Nach Italienisch kommt Französisch? Nein, das ist wieder nur eine Suche, die nichts bringt, und am Ende sitzt du dann wieder im Glaspalast und bist traurig, weil der Urlaub vorbei ist. Wie schreibst du wieder? „Gran Canaria wird überbewertet, es ist stürmisch, das Klima ist trocken, Flug nach St. Tropez gebucht, Blumenmarkt in Nizza, je parle un peu de français et voudrais visiter la Côte d'Azur!"

Wie schön ist es doch hier, wieder am Meer. Du liebst das Klima und die Sprache, die Parfümerien und die Boutiquen. Ja, es hat dir auch schon in Paris gefallen. Die Étoiles der Stars – das ist, wie wenn du über einen Laufsteg schrittest. Das Flair von Glamour und Prestige. Kein Wunder, dass es dir gefällt, und der Wein, du liebst auch die Kulinarik, das Essen, und möchtest eine Baguetterie eröffnen und Crêpes verkaufen. Kate, solche Gedanken kannst auch nur du im Urlaub haben. Das wäre was! Du hinter dem Tresen in deinen Designerkleidern, mit den hohen Schuhen und den langen Haaren. Die Leute würden nur kommen, um zu sehen, was du heute wieder trägst, welche Geschichten aus den vielen Urlauben du zum Besten gibst. Du sagst, das sei, was du zu Hause vermisst: das Flair und das leichte Leben. Oh, Kate, aber auch nur, weil du es dir immer selbst so schwer machst. Es ist doch zu Hause auch wunderschön, nur gehst du immer mit Scheuklappen durch dein Leben. Du glaubst, du hast schon viel gesehen. Mag sein, aber nur die privilegierte Seite. Nicht jeder kann sich aussuchen, wohin er geht, wenn er wieder einmal gehen will.

Eröffne eine Crêperie und du wirst sehen, wie hart Arbeit sein kann. Da hilft es nicht, wenn du frisch manikürt mit der neuesten Mode im Geschäft stehst. Da kannst du nicht einfach in das nächste Flugzeug steigen und sagen: „Ich will weg." Da hast du Verantwortung. Vielleicht fehlt dir genau das. Aber, meine Schöne, ich will nicht einfach über dich urteilen, das darf ich mir nicht erlauben. Ich könnte dir helfen und wir könnten gemeinsam etwas machen. Aber hör auf, zu träumen. Nimm dein Leben in die Hand. Ich mache mir nur Sorgen um dich, meine Schöne, weil ich dich liebe. Dein Französischkurs scheint dir ja Spaß zu machen, du findest deinen Lehrer sehr nett? Jacques, ein junger Student, der über den Sommer Touristinnen unterrichtet. Kate, fällt dir da nichts auf? Du bist schon wieder dabei, dich zu verlieben, genau wieder in einen Mann, der dir niemals ganz gehören wird. Nimm doch endlich mich. Ich liebe dich schon so lange. Ich kann nicht mehr mit ansehen, wie du in dein Unglück läufst. Genieß einfach die schöne Umgebung und deine Ferien, vergiss einfach einmal die Männer. Steh auf und genieß das Flair, mach eine Rundfahrt, besuch Nizza und mach die Augen auf. Ich bin da! Du hast mich schon wieder fast vergessen. Weißt du nicht mehr, als wir damals beim Speeddating waren? Wir hatten so viele Gemeinsamkeiten und haben so gelacht. Außerdem könnten wir wieder nach Paris fliegen und dein geliebtes Rodin-Museum besuchen. So als Erinnerung an damals, wie wir uns frisch kennengelernt haben. Zwei Liebende in Paris, zum zweiten Mal. Ich würde dich vom Fleck weg heiraten, wenn du das willst, und du schwärmst für Jacques. Ich stehe zu dir, schon so lange Zeit, so viele Monate. Sieh mir in die Augen und sag mir, dass du mich nicht liebst, meine Schöne! Vielleicht kann ich dich dann vergessen, aber ich glaube, ich werde dich ewig lieben. FÜR IMMER!

Blumen und Küsse in Nizza

So ein schöner Tag. Warum musste er so grausam enden? Alles hatte so schön begonnen: Wir hatten unser Frühstück, du warst ganz begeistert von den Croissants und den Crêpes, wir lachten, deine Augen leuchteten so richtig. Es war, als würde ich in dein Herz sehen. Kate, du warst so schön in deinem neuen Sommerkleid und mit deinem Sonnenhut. „Wir müssen aufpassen und uns gut eincremen", hast du noch gesagt und gelacht, weil dein Make-up einen höheren Lichtschutzfaktor hat als zu Hause. Du hast gelacht und gesagt, es sei fast wieder wie auf der Skipiste, nur dass du hier deinen neuen Bikini einpacken kannst. Wir haben eine Rundfahrt gebucht und waren in der Parfümerie und besichtigten eine alte Burg und am Ende sollten wir in Nizza die Zeit haben, uns den Blumenmarkt anzusehen. Also alles in allem der perfekte Tag! Warum hast du wieder alles kaputt gemacht? Kannst du denn nicht einmal die Finger von den falschen Männern lassen? Kate, du machst mich rasend. Der Tag war so schön, als wir durch die Gassen der Burg geschlendert sind und den Torbogen bewundert haben. Du hast gelacht, du kannst mir nicht erzählen, dass es dir nicht auch so gut gefallen hat wie mir. Du hast den ganzen Tag gestrahlt und nur gelacht … und dann kam Nizza.

Mitten auf dem Markt stand Jacques da, eine Rose in der Hand, mit seinem hinterhältigen Lächeln. Und was machst du? Du hast ihn auf die Wange geküsst. Kein Wunder, dass er sich da gefreut und gemeint hat: „Nein, in Frankreich geht das anders. Franzosen küssen dreimal." Und das alles vor meinen Augen. Ich wollte ihn fast zum Duell fordern. Gut, dass wir nicht mehr im Schloss waren. Ich weiß nicht, ob ich dort meine Leidenschaft im Zaum gehalten hätte. Mit den Säbeln an der Wand und den ganzen Gemälden von Kriegen und den Kreuzzügen. Ich wünschte, wir hätten damals gelebt. Ich hätte diesen jungen Galan zum Kampf gefordert und dir gezeigt, dass ich der Mann für dich bin. Ich wäre dein Prinz und du meine Gemahlin in unserer Burg. Ich glaube, in einem früheren Leben waren wir einmal Mann und Frau. Wie sonst sollte ich mir meine Gefühle für dich erklären? Und da war ein junger, schöner Ritter, der dein Herz wollte. Ich habe ihn damals geschlagen, da bin ich mir sicher, aber wie soll ich mich heute mit Jacques duellieren? Er ist nicht mal ein besonders guter Lehrer und das Kulinarium, das er uns zeigt, siehst du heute auf jedem inszenierten Promi-Event. Und du solltest das doch wissen. Einen Veuve Clicquot säbeln – damit will er dich beeindrucken? Ich gebe ja zu, dass es nett war mit der Rose, aber ich hätte dir das ganze Bouquet gegönnt. Und statt des kleinen Champagners hätte ich dir die ganze Flasche gegönnt. Und dann hätte ich dir den Sonnenuntergang am Meer gezeigt und hätte dich nicht in den Bus zurückgepfercht und gefragt, ob du neben ihm sitzt. Ich habe mich fast übergeben, als er gesagt hat, dass du so schön bist wie die Sonne und er richtig froh ist, so schöne und begabte Schülerinnen zu haben. Das sagt er doch jede Woche und du bist der Lichtblick dieser Klasse. Sein kleiner Taschensäbel taugt doch höchstens als Touristenattraktion, das solltest du doch wissen. Du trinkst zu Hause ständig Champagner und du warst doch auch auf der Weinmesse. Eine ganze Halle war voller französischer Weine und da waren richtige Sommeliers aus Frankreich und die konnten säbeln. Lass dich doch nicht von so einem dahergelaufenen Charmeur verwirren. Wie gut, dass wir nächste Woche wieder zu Hause sind, wie gut, dass du dann Jacques schnell wieder vergessen wirst. Auch wenn hier noch ein paar Mal die Sonne untergeht, zu Hause geht sie wieder auf. Dein Charmeur wird vergessen sein und ich werde im Sonnenaufgang erscheinen und dir Blumen schenken. Auch wir können uns dreimal küssen, aber nicht nur auf die Wange. Ich werde mein Gesicht gekonnt wegdrehen und dann hab' ich dich, meine Schöne. In unserem Paradies, zwar nicht am Meer, aber wir haben unseren See und so ewig wie die Gezeiten wird unsere Liebe blühen. Dieses Mal schaffe ich es, ich stehe vor deiner Tür und es werden kein Jacques und kein Francesco mehr meinen Weg kreuzen. Diesmal komme ich, dein H. P.

Nein, nein, nein!
Vergeben und vergessen?

Du bist wie die Gezeiten: Die Ebbe ist noch nicht ganz weg, kommt auch wieder die nächste Flut. Noch nicht mal ist der Abschied von Jacques vergessen, bist du schon wieder auf Reisen. Was? Ich kann das doch gar nicht glauben. Du willst in einem Hotel arbeiten, dort, wo dein Bergsteiger Skilehrer ist? Du hast ihm vergeben, nur weil er einmal sagt, er wusste noch nicht, was er verloren hat? Du warst so schnell weg, er hat dich gesucht. Glaubst du ihm das wirklich? Ich bin aus allen Wolken gefallen, als ich dich gesehen habe, mit ihm. Ich hatte dir Rosen gekauft. Die habe ich dann in den See geworfen, als ich euch zusammen auf unserer Terrasse gesehen habe. Deine Mutter war sogar glücklich. Sie meinte, kein Wunder, dass sie so einem stattlichen Mann nachfliegt. Das müsse Liebe sein und jetzt hätten sich die beiden gefunden. Sie gingen wieder in die Berge, dort, wo sie sich kennengelernt haben, wie romantisch, und Kate hätte so einen tollen Job in einem Hotel. Sogar deine Mutter hat er um den Finger gewickelt. Sie hat sogar den Termin bei der Psychologin abgesagt und deinen Schmuck wieder vom Juwelier geholt. Mein Kind, was wärst du nur ohne deine Mutter. So viele Sorgen hat sie sich gemacht, immer war sie für dich da und was machst du? Du nimmst wieder einen neuen Kavalier und gehst auf Reisen. Wo soll das noch hinführen? Ich mache mir immer noch Sorgen. Dein Freund, wie du ihn jetzt vorstellst, wird nie ganz dir gehören, zu offen ist sein Herz, zu viele Pläne hat er noch. Er will den höchsten Berg der Welt besteigen und, Kate, was machst du dann? Bangen, dass er wiederkommt, ihm wieder nachfliegen und mit einem Lama auch diese Tour wagen? Glaub mir, ihr habt keine Zukunft. Mit ihm wirst du niemals glücklich, niemals!

Ich wäre doch so gerne an deiner Seite und würde auch so mit dir leben, ganz idyllisch auf dem Land, und wir könnten schwimmen gehen. Warum willst du denn noch Skifahren lernen? Ich habe gesehen, dass dir dein Urlaub Spaß gemacht hat, aber du kannst nicht einfach in die Berge gehen, um dort mit ihm zu leben, gerade wo er auch nicht lange irgendwo ist und kein festes Zuhause hat. Genau das sollte dir doch zeigen, dass er nicht der Mann fürs Leben ist, und was willst du machen, wenn der Schnee geschmolzen ist? Glaubst du, er kommt mit dir zurück nach Hause, wenn er Pläne hat, die ihn auf den höchsten Berg der Welt führen. Der wird niemals mit dir zu Hause bleiben und Kinder kriegen. Ich könnte das. Ich glaube, du wärst eine wundervolle Mutter, eine wunderhübsche Ehefrau und noch vielmehr eine leidenschaftliche Geliebte. Du wärst perfekt, du würdest zu mir passen, aber doch nicht zu diesem Taugenichts. Er hat keine Heimat und läuft von einem Job zum anderen und träumt davon, auf Berge zu laufen. Das sind doch nicht deine Träume. Du verfolgst wieder Ziele, die nicht deine sind. Du lebst gerne in einem Hotel, aber dort arbeiten, das ist nichts für dich. Ich verspreche dir, du bist schneller wieder zu Hause, als du dir vorstellst. Ich werde dich begleiten, meine Schöne, aber dieses Mal zum letzten Mal. Wenn wir uns jetzt nicht finden, kehre ich in mein Häuschen zurück und gehe in den Wald, lausche den Vögeln und werde an meine verlorene Liebe denken, aber nur mehr ein einziges Mal und dann ist es vorbei, dann ist meine Liebe verloren. Du bist wieder in den Armen eines anderen. Wie oft willst du mich noch leiden sehen? Irgendwann verliere auch ich meinen Willen, wenn du immer wieder und immer wieder in die Arme irgendeines dahergelaufenen Abenteurers läufst. Kate, mein Herz zerspringt und ich weiß nicht, was ich machen soll. Ich sehne mich nach dir, aber du, du siehst diesem Mann in die Augen und sagst: „Wahre Liebe siegt." Warum nicht bei uns? WARUM NICHT?

So, ich werde mich von dir verabschieden. Ich gebe dich frei, auch wenn es mir das Herz in Scherben wirft, aber ich kann nicht mehr. Meine Geduld ist am Ende. Geh in die Berge, geh weg, geh einfach weg!

Wiedersehen in den Bergen

Ich schaffe es nicht, ich kann dich nicht vergessen. Der pulsierende Schmerz auf der einen Seite, die Leere auf der anderen und das Schlimmste überhaupt: die Hoffnung und die Sehnsucht. Wo bist du, meine Bergfee? Ich vermisse dich! Ich würde dich so gerne vergessen, manchmal am liebsten hassen, aber ich kann nicht. Die Liebe ist stärker als jeder Groll. Wir haben einiges erlebt, so viel gesehen, geliebt und gelitten. Ich kann dich nicht aufgeben, ohne je um dich wahrhaftig gekämpft zu haben. Die Zeit ist auf meiner Seite. Ich glaube nicht, dass du in den Bergen glücklich wirst. Es ist sein Traum, nicht deiner. Heute habe ich einen Urlaub gebucht. Ich komme zu dir, meine holde Schönheit. Ich werde dich wiedersehen. Ich komme in dein Hotel. Vielleicht gefällt es mir dort und ich bleibe bei dir. Dann wären wir endlich wieder zusammen. Ich liebe dich so sehr, am liebsten würde ich für immer mit dir zusammen sein, wenn schon nicht im Leben, aber unsere Liebe ist unendlich und führt in andere Gefilde. Unsere Seelen sind verbunden. Du hast mich aus meiner Hölle geholt, genauso führst du mich wieder zurück, aber jene Momente, in denen ich mit dir verbunden bin, sind es wert. Ich würde Himmel und Hölle in Bewegung setzen, um unsere Liebe der ganzen Welt zu zeigen. Manchmal fühle ich mich wie Orpheus. Ich glaube, ich würde tausendmal für dich in den Hades steigen, aber ich würde niemals ohne dich zurückkehren. Ich sehe die Berge als unseren Hades. Ich komme und hole dich. Ich bringe dich nach Hause. Deine Mutter wird mich dafür lieben, dass ich ihr das Allerliebste zurückbringe, und wir zwei, wir können so glücklich sein! Du kannst endlich glücklich werden und ich ebenso. Wir könnten uns gegenseitig helfen, das zu finden, solange wir suchen. Wir haben eine schöne Vergangenheit. Ich denke an die Tage in Frankreich und Italien, als wäre es gestern gewesen. Gran Canaria ist nicht optimal gelaufen, aber die Zeit in den Bergen war doch schön. Auch wenn du mir beweisen willst, dass du selbst auf deinen Beinen stehen kannst, das musst du nicht. Mir reicht es, wenn du an meiner Seite bist. Wir würden beide profitieren und könnten endlich unser Leben genießen. Wir könnten so viele schöne Jahre haben und reisen, gemeinsame Abenteuer erleben. Es müsste nicht der höchste Berg der Welt sein, aber wir könnten unsere eigene Welt schaffen. Meine geliebte Schönheit, für dich würde ich alles geben, meine Liebe, meine Leidenschaft, alles! Wenn ich nur wüsste, dass du endlich mir gehörst. Ich begehre dich schon so lange, ich will dich haben. Koste es, was es wolle, ich bringe dich nach Hause. Du gehörst zu mir und ich zu dir. Ich weiß nicht, wie viele Leben wir schon gemeinsam verbracht haben, aber egal, wie viele noch kommen, ich bin so froh, dass es dich gibt. Egal, wie oft ich um dich kämpfen musste, egal, wie oft ich für dich gestorben bin, ich würde es wieder tun, aus inniger Liebe. Du hast mir gezeigt, dass das Leben lebenswert ist. Ich würde hundertmal durch den Hades gehen, ich würde für dich neue Länder erobern, Drachen töten. Alles, was du willst, ich würde es tun, solange unsere Herzen für immer verbunden sind und wir noch viele schöne Abenteuer erleben. Das alles können wir unseren Kindern erzählen. Deine Mutter wäre so glücklich, wenn du endlich heimkämest und hierbliebst, mit dem Mann, den du liebst. Ich habe sie heute gehört. Sie hat geweint, weil du dich nicht meldest, aber sie entschuldigt dich, wie sie es immer macht. Sie hat gemeint, du würdest so viel arbeiten, du hättest kaum Zeit und sie vermisse dich so sehr. Aber Kinder würden nun einmal erwachsen. Aber du könntest es doch so schön haben, du müsstest doch nicht arbeiten, du könntest doch im Glaspalast bleiben und hier leben. Wie schön wir es haben könnten. Kate, lass es doch einfach zu. Ich komme, ich werde dich holen und dich dahin bringen, wo das Glück auf dich wartet. Je weiter du weg kommst, umso mehr willst du doch selbst nach Hause, an einen Ort, wo du dich wohlfühlst. Auch wenn du es noch nicht weißt, auch in diesem Leben finden wir unseren Platz. Ich und du – wir werden wir. Ich kann und will dich nicht verlieren. Der Bergsteiger verdient mein Glück nicht. Kate, du bist meine Seele. Ich bin für immer dein. Ich liebe dich.

Wir fahren nach Hause – wie schön!

Ich habe es geschafft, ich habe es geschafft! Meine Schöne kommt mit mir an den Ort, wo wir hingehören, und das alles, bevor der Schnee schmilzt und der Frühling sprießt. Ich wusste es, ich wusste es! Wir gehören zusammen!

Mein Frühling ist eingekehrt und die Liebe ist wieder da, wo sie ihren Platz hat. Die Schönheit kehrt in ihren Tempel zurück und ich kann ihr wieder huldigen. Es war so schön, mit dir nach Hause zu fahren. Das Hotel hat einfach nicht zu dir gepasst, die anderen waren einfach deiner nicht würdig. Kate, du bist etwas ganz, ganz Besonderes und dein Exfreund wollte dich nicht mitnehmen auf seine Expedition. Ich habe es dir gesagt, dass sein Herz nie dir gehören wird, dass er immer wieder neue Abenteuer braucht und du nicht an seiner ersten Stelle stehen wirst. Aber trockne deine Tränen, wir fahren heim! Du hattest eine schwere Zeit, ist ja auch kein Wunder. Das ist nun mal so, wenn man den falschen Weg geht, dass man im Kreis läuft oder unglücklich wird, aber jetzt haben wir ja die Chance, alles richtig zu machen. Vergiss einfach die bösen Kommentare, von wegen du wärst eine Nobelfee. Die sind nur eifersüchtig. Neider hat man in jedem Leben. Wir sind einfach zwei Menschen, die ihr Glück gefunden haben. Vielleicht bist du manchmal ein wenig abenteuerlustig und energisch, aber du hast auch viele gute Seiten. Nur weil du in der Mittagspause eine Massage buchst oder auf deinen Schönheitsschlaf bestehst, bist du doch noch keine Nobelfee. Die wissen doch gar nicht, was das ist. Du bist eine junge, wunderschöne Frau mit Lebenswillen und einer starken Anziehungskraft. Und du wolltest mit den anderen nur deine Erfahrung teilen, aber ich habe richtig gesehen, als der Chef mit dir einmarschiert ist und du den Säbel gezückt hast und den Champagner enthauptet hast. Er hat dich sogar vorgestellt und gemeint, dass du neu bist und voller Talente. Das war schon irgendwie eindrucksvoll. Kein Wunder, dass da getuschelt wird. Das war der Neid. Kate, du musst dir nicht alles gefallen lassen und beim besten Willen weine nicht. Weine nicht um den Mann, der Richtige sitzt schon neben dir. Weine nicht um das Hotel, das ist ohnehin nicht dein Ding. Freu dich auf den Frühling, du hast deinen geliebten See wieder und das Boot, wir können segeln gehen und den Sonnenuntergang betrachten. Wir haben ein ganzes Leben vor uns und wir können machen, was wir wollen.

Jetzt lasse ich dich nicht mehr los. Mein Auto riecht immer noch nach deinem Parfüm. Ich lasse auch die Fenster geschlossen, dass der Duft dableibt, und deine Mutter, sie war so froh, als du wieder da warst. Sie hat geweint vor Glück: „Die kleine Prinzessin ist wieder da! Meine geliebte kleine Prinzessin.“ Was auch immer du für Pläne schmiedest, versprich mir nur eines: Wir bleiben zusammen, für immer. Mein Herz lacht. Ich sehe wieder meine Muse, wenn ich aus dem Fenster schaue, und du redest sogar mit mir, wenn du mich siehst. Endlich, du hast mich bemerkt, ich habe einen Platz in deinem Leben gefunden. Es war so schön, als du im Hotel gesagt hast, dass du Heimweh hast und dass dein Freund dich zurücklässt. Ich habe dir in die Augen gesehen und dich gefragt, wo du hin willst. Wie haben wir gelacht, als wir bemerkten, dass wir Tür an Tür leben und uns eigentlich gar nicht kennen. Wir haben es geschafft, wir kennen uns und wir haben eine wunderschöne Geschichte für unsere Kinder, wie wir uns kennengelernt haben. Und deine Mutter, sie war so glücklich, und der Kuchen und ihr Kaffee, den würde ich gerne jeden Tag trinken. Morgen sehen wir uns wieder im Garten, wenn du deine Yogaübungen machst und ich meine Bäume schneide. Ich weiß zwar, dass es nicht gut ist, im Frühjahr die Bäume zu schneiden, aber, meine Geliebte, für dich würde ich alles riskieren, auch meine heurige Apfelernte. Mir reicht es, wenn ich einen Grund habe, dich zu sehen, mit dir zu reden und dich zu trösten. Aber bitte, bitte geh nicht wieder fort, bleib hier, lass uns endlich glücklich sein. Für immer!

Glück ist ein Vogel – es fliegt und je weiter es fliegt, umso mehr sucht man es

Ich sitze in meinem Garten und könnte weinen. Was willst du? Du willst nach Venedig fahren, und das alles, weil sich Francesco in deinem Blog gemeldet hat. Ich kann es nicht glauben. Gerade lässt dich dein „Indiana Jones für Arme" in den Bergen sitzen und du willst zurück zu deinem Exexexexfreund? Du lernst es wohl niemals, niemals, niemals! Endlich war es so schön zu Hause, der Frühling hat begonnen, wir haben uns richtig gut verstanden. Wir hatten die Chance, einen schönen Sommer zu erleben und das Leben zu genießen, in meinem Garten Eden oder auf deiner wunderbaren Terrasse.

Also wieder eine Reise buchen, wieder einmal nach Italien. Ich würde mit dir die ganze Welt bereisen, wenn es so sein sollte. Ich liebe dich einfach zu sehr, um dich einfach gehen zu lassen. Irgendwie freue ich mich sogar schon, diese Reise wird auch kulturell interessant. Karneval in Venedig, eine Schifffahrt auf dem Canal Grande, ein Maskenball in einem alten venezianischen Palast. Ich dein Prinz und du meine Prinzessin, wie in unserem früheren Leben. Kate, du überraschst mich zwar, aber irgendwie machst du mich auch glücklich. Wir brauchen doch Francesco nicht. Gut, die Idee mit Venedig war einfallsreich, aber ich würde mir lieber mit dir die Stadt alleine ansehen. Auf dem Maskenball könnten wir tanzen und den guten Muskatwein genießen, den du so gerne trinkst. Das Flair, die Roben, der rote Teppich – das ist doch auch so eindrucksvoll genug, da brauchen wir nicht noch unseren Fremdenführer.

Ich liebe dich, ich liebe dich, ich liebe dich, du warst so schön. Dein langes olivfarbenes Tüllkleid, das Diadem, die Maske – du bist meine Prinzessin. Du hast mit dem Schloss um die Wette gestrahlt und warst für alle der Blickfang. Die schöne Österreicherin, die so gut Italienisch kann. Du hast also doch etwas gelernt auf unseren vielen Reisen. Ich war so stolz auf dich. Du hast dich bewegt wie eine Elfe. Wenn du in deinem letzten Leben keine Prinzessin warst, dann hattest du sicher blaues Blut. Diese Eleganz, deine Koketterie mit dem Gastgeber und dann auch noch die guten Manieren und die Kenntnisse der Landessprache. Mit dir würde ich die ganze Welt bereisen.

Francesco war richtig traurig, als er dir gesagt hat, dass er bald heiraten wird. Aber das ist schon gut so, es ist ja nett, dass er dich noch einmal sehen wollte. Er wollte es dir persönlich sagen, dass seine Eltern seine Vermählung mit seiner Jugendfreundin arrangiert haben. Er wollte es dir immer sagen, aber er wusste nicht, wie. Ich finde ihn richtig sympathisch. Dieser Mann hat Charakter. Er weinte, als er sagte, dass du mehr wärst als ein Flirt oder eine Affäre, du wärst die beste Zeit seines Lebens gewesen. Du hast ihn motiviert und ihm neue Lebensfreude gegeben. Deshalb wollte er dir noch einmal sein Italien zeigen, er wollte dich noch einmal sehen, dich noch einmal in den Armen halten. Ich erlaube es ihm, er ist ja bald vermählt, er soll dir noch einmal in die Augen sehen und dann kommst du einfach wieder zurück zu mir. Wir fahren wieder gemeinsam nach Hause und ich tröste dich und dann haben wir einen wunderschönen Sommer. Alles wird schön: das Wetter, die Feste, unsere Abende an meinem Kamin. Wenn du willst, kauf' ich dir eine Kiste Champagner, die du säbeln kannst. Das macht dir doch Spaß. Du hast auch wirklich reagiert wie eine Dame, du hattest Tränen in den Augen, das habe ich gesehen, aber du hast ihn auf die Wange geküsst und ihm alles Gute gewünscht. Am nächsten Tag bist du im Hotel geblieben. Ich fand es schade. Auf dem Canal Grande war es ohne dich nicht schön, aber ich wollte dich nicht stören. Du hast ja auf dem Ball noch viel Champagner getrunken und getanzt. Du warst die Schönste des Abends, alle Männer wollten mit dir tanzen, auch ich habe es geschafft, mich in deine Tanzkarte einzutragen. Unser Tanz war wunderschön, auch wenn du so traurig ausgesehen hast, als wir auf dem Balkon standen. In dem Palast dachte ich an Romeo und Julia. Du, meine holde Julia, auch wenn wir nicht in Verona sind, wir schreiben diese Geschichte neu.

Julia, warum denn nur Julia?

Gerade tanzen wir noch Walzer in Venedig und du fliegst schon wieder weiter? Du willst dein Leben in die Hand nehmen und bei einer Weltmeisterschaft arbeiten und danach weitersehen, was du von deinem Leben willst. Du willst endlich Ziele einschlagen. Was ist in Italien nur mit dir passiert? Es ist, als wärst du nicht mehr die Julia, die auf dem Balkon gestanden ist und mit ihren Satinhandschuhen die Champagnerflöte an meine gehalten hat. Du willst mehr als gut aussehen und immer die falschen Männer küssen. Was willst du denn?

So wunderbar ist dieser Job nun auch nicht, wie du schreibst. Dein Blog ist langsam doch etwas überzogen: „Ich fliege zur Weltmeisterschaft! Engagiert, weil ich so viele Sprachen spreche, darf ich mit den VIPs feiern, das ist die Chance meines Lebens." Kate, das will doch keiner mehr hören. Ich kann dir schon sagen, was passiert: Du verliebst dich und dann weinst du wieder und deinen Job kündigst du wieder, weil du keinen passenden Platz findest. Ich glaube langsam, du kannst alle Sprachen dieser Welt lernen und alle Länder dieser Welt bereisen, du wirst nirgendwo das finden, was du suchst.

Wieder einmal mache ich mir Sorgen um dich, wieder einmal muss ich den Kopf schütteln. Und deine arme Mutter, sie ist wieder aus dem Häuschen. Du gehst shoppen und fliegst viele Kilometer weit weg, dabei könntest du doch so einen schönen Sommer haben und dass du wieder zur Schule gehen willst … Deine Mutter ist auch ganz entsetzt. Wie sagt sie? Wenn sie so verrückt gewesen wäre, hätte dein Vater sie niemals geheiratet, niemals. Die Nachbarin lachte nur und meinte, du wärst noch jung, du wolltest noch etwas von der Welt sehen, deine Mutter müsste es endlich akzeptieren, dass du eine kleine Abenteurerin bist. Sie wäre froh, wenn ihre Tochter endlich ein paar Ziele hätte. Sie stände immer spät auf und sähe den ganzen Tag fern und ginge immer nur auf Partys und ihr Freund wäre derselbe. Vielleicht sollten die Töchter eine Paartherapie belegen, um die Temperamente anzugleichen.

Ich musste lachen. Die Idee ist ganz gut, wenn auch selbst etwas verrückt. Vielleicht hättet ihr gemeinsam wirklich eine Idee, um etwas aus euren Leben zu machen. Ihr werdet nicht immer zwanzig sein. Irgendwann werdet auch ihr älter. Aber jetzt flieg, meine Schöne, flieg zu deinem Event! Arbeite und genieß es. Wer weiß? Vielleicht ist es das letzte Mal, dass wir eine Reise machen.

Ich habe mich schon beworben, an deiner Schule, die du besuchen möchtest, und sie haben sich gefreut, dass ich kommen möchte. Vielleicht bin ich bald dein Lehrer, dann sehe ich dich öfter. Aber vorher fliegen wir zur Weltmeisterschaft. Es ist gut, dass du mich wieder ins Berufsleben zurückbringst. Diese Urlaube sind ganz schön teuer. Ich weiß nicht, wie viele Monate wir schon zusammen in verschiedenen Hotels verbracht haben. Ich hoffe, das, wo wir jetzt wohnen, wird so schön wie das in Venedig. Ich bin gespannt, was wir wieder erleben werden, aber versprich mir eines: Das wird die letzte lange Reise. Ich bin müde, ich kann langsam nicht mehr, ich bin nicht mehr zwanzig.

Es wird Zeit, dass wir sesshaft werden und uns finden und uns lieben. Für immer! Ich versteh' dich ja, viele Dichter hatten ihre Sturm-und-Drang-Zeit. Sogar die größten der Literaturgeschichte, aber auch sie wurden irgendwann ruhiger und haben geheiratet. Wie wäre es? Ich erlaube dir die Weltmeisterschaft und dann gehst du wieder zur Schule und wenn du deinen Abschluss geschafft hast, können wir endlich heiraten und viele Kinder bekommen.

Dann bin ich nicht mehr dein Lehrer, dann bin ich dein Lebenspartner. Egal, wie viele Leben noch vor uns und wie viele schon hinter uns sind, das Wichtigste ist immer nur, dass wir uns in jedem unserer Leben immer wieder finden. Egal, wie viele Verehrer du hattest, ich schaffe es, sie in Duellen zu besiegen, und erobere dich immer wieder aufs Neue.

Wie gesagt, ich bin dein Romeo und du meine Julia und wir schreiben die schönste Liebesgeschichte der Welt neu, nur dass wir nicht sterben müssen, um uns zu lieben. Wir müssen leben, und das so glücklich und so lange wie möglich!

Wieder eine neue Stadt –
Chance auf ein neues Glück

Ich habe den Job und du hast die Zusage, dass du wieder in die Schule gehen kannst. Wie schnell sind doch die letzten Wochen vergangen, was war doch los. Du hast viel gearbeitet und viel erlebt. Ich bin leider nicht in deinen Arbeitsbereich hineingekommen, aber das Hotel war schön. Schade, dass du nicht viele Feste gefeiert hast. Du hast immer so müde ausgesehen. Es waren schon lange Wochen und viel Stress und dann hatten wir gleich wieder viel zu tun.

Es war gar nicht so einfach, in deinem Wohnheim eine Wohnung zu bekommen, da ich doch Lehrer bin. Erst als ich gemeldet habe, dass ich keine gefunden habe, haben sie dann doch zugestimmt, dass ich bei dir wohnen darf. So, wir leben wieder Tür an Tür. Das ist doch wunderschön. Unser neues Zuhause ist wie unser altes Zuhause. Ich freue mich schon so darauf, dich zu unterrichten. Du bist so schön und wer weiß? Vielleicht können wir bald heiraten. Lerne fleißig und du wirst die Schule schnell beenden können. Ich vertraue auf dich. Dann können wir nach Hause zurückkehren und für immer glücklich sein. Ich liebe dich.

Aber du, mein Dornenvogel, was willst du? Einen letzten Urlaub genießen? Hattest du nicht versprochen, endlich wieder zur Schule zu gehen? Was willst du? Zum Meer fahren, ein Boot mieten und noch einmal ein letztes Mal segeln gehen. Oh, meine Julia, meine geliebte Julia, ich glaub', du kannst und willst es einfach nicht lassen.

Der Koffer ist wieder gepackt, der Weg ist wieder weit, aber meine Liebe, dieses Mal bin ich nicht an deiner Seite. Nein, dieses Mal nicht. Geh, meine Holde, geh. Segle durch ein fremdes Land, lerne fremde Gezeiten kennen. Ich werde dieses Mal nicht an deiner Seite sein, nein. Müde bin ich geworden, ich bin doch nicht mehr so jung wie du. Du, meine Schöne, geh, geh, geh doch einfach, dreh dich nicht um, verschwinde einfach aus meinem Leben!

Alles, woran ich geglaubt habe, liegt einmal mehr in Trümmern. Ach, wie soll ich mit dir Schritt halten, mit deiner Jugend, deinem Lebensgeist? Vor zwanzig Jahren wäre ich noch auf das Boot gestiegen und hätte es gesteuert, aber jetzt doch nicht mehr. Ich bin müde, ich will doch auch das Leben genießen, aber mit Genuss und Kultur. Abenteuer sind nicht alles im Leben, meine Holde. Irgendwann sollte man sich besinnen, auf das, was wichtig ist im Leben, und das ist dennoch die Liebe, auch wenn es nicht immer einfach ist. Wie kannst du nur in den Bus steigen, ohne zurückzublicken? Du sagst, es sei deine letzte Chance vor der Schule. Du wolltest es jetzt noch einmal wagen. Versprichst du mir, dass es das letzte Mal ist? Versprich es, meine Geliebte, bei allem, was dir lieb ist. Ich will doch an uns und unsere Liebe glauben. Aber auch wenn der Mensch manchmal zweifelt, und das war schon in der Bibel so, ich möchte glauben – an dich, an uns und vor allem an das, was daraus noch folgen kann.

In diesem Sinne, meine Liebste, wage deine letzte Reise, aber bitte versprich mir, dass es jetzt wirklich die letzte ist. Mögen dich diese Worte auf deiner Reise begleiten:

An die Erwählte

Hand in Hand! und Lipp auf Lippe!
Liebes Mädchen, bleibe treu!
Lebe wohl! und manche Klippe
fährt dein Liebster noch vorbei.
Aber wenn er einst den Hafen
nach dem Sturme wieder grüßt,
mögen ihn die Götter strafen,
wenn er ohne dich genießt!

Johann Wolfgang von Goethe

Mögen dich diese Worte geleiten, dass du dein Ziel nicht verlierst. Ich kann und will ohne dich nicht genießen, deshalb werden uns die Götter gnädig sein. Ich werde warten, darauf, dass die Zukunft vor uns liegt. Und, mein Kind, bitte versprich es mir, es ist die letzte Reise. Geh einmal allein, stoß dir noch einmal die Hörner ab, um dann frei zu sein, frei für das richtige Leben, das uns gemeinsam erwartet.

Manche Reise erweitert den Horizont

Eine neue Stadt, ein neues Glück, der Urlaub ist vorbei. Ich habe meinen Job begonnen und wie ich sehe, gefällt dir deine Schule. Du hast sogar schon ein paar Freundinnen gefunden. Oh, meine Gute, nicht einmal im Traum hätte ich gedacht, dass es so schön wird. Deine Freundinnen sind ja sehr nett und ihr seid alle hier, um gemeinsam etwas zu lernen. So gefällt mir das. Bildung ist das Wichtigste. Egal, wie alt man ist – man kann immer noch etwas lernen. Meine Liebste, was durfte ich in den letzten Jahren von dir lernen? Die schönste Lektion war, dass man etwas Verlorenes wiederfinden kann, besonders dann, wenn man es bereits verloren glaubte. Ich war am Ende, ich war todunglücklich und dann kamst du. Meine Muse, ich freue mich auf die nächsten Monate. Lerne zügig, damit wir eine schöne Zukunft genießen können!

Kate, Kate, Kate, was ist denn nun schon wieder los? Warum willst du alles kaputt machen? Wir haben doch so eine große Chance vor uns. Du bist doch nicht unglücklich. Du weißt nur noch nicht, wie gut wir es haben werden. Die Schule gleich wieder abbrechen. Du willst dein altes Leben zurück. Aber wo ist hier der Grund? Du vermisst die Reisen, das Lebensgefühl. Oh nein, Kate, du hast doch alle Chancen dieser Welt. Dein Problem ist, dass du zu viele Partys machst und einfach meine Kurse nicht besuchst. Mach deine Hausarbeiten und lerne und wir haben eine großartige Zukunft vor uns. Vielleicht hast du Heimweh und du vermisst dein altes Leben, aber deswegen musst du doch nicht auf Partygirl machen. Du wirst unterschätzt. Alle glauben immer nur, dass du schön bist, aber ich habe gesehen, wie schnell du eine Sprache lernst. Wie viele Museen hast du in Paris besichtigt? Wie sehr hat dir der Dom von Amalfi gefallen? Und in Venedig warst du der Lichtpunkt auf dem Ball. Du warst kultiviert und wunderschön, kanntest die Bräuche und konntest dich in der Sprache des Landes ausdrücken. Wirf das nicht alles gleich wieder weg. Ich würde gerne eine kultivierte, schöne Frau an meiner Seite haben. Wenn du willst, kann ich dir helfen. Ich kann dir viel mehr zeigen als das, was wir im Unterricht lernen. Wirf nicht alles weg, vor allem nicht unsere Zukunft.

Wir können alles schaffen, wir müssen nur zusammenhalten. Ich liebe dich, auch wenn du manchmal traurig bist und nicht weißt, was du machen sollst. Auch diese Schwäche gefällt mir an dir. Fass dir ein Herz und lerne. Lerne für dich und für unsere Zukunft. Du wolltest etwas aus deinem Leben machen. Jetzt hast du deine Chance dazu und die solltest du nicht in den Wind schießen. Ich bewundere dich auch manchmal, weil du mutiger bist, als ich es war. Damals, als es schwer für mich wurde, habe ich aufgegeben und meine Lebenskraft erst dann wiedergefunden, als ich dich gesehen habe. Du hast mich inspiriert, du bist meine Muse. Lass mich dir helfen und dich inspirieren. Vielleicht kann ich dir das geben, was du mir gegeben hast. Ich will dich, ich liebe dich und wir können heiraten und unser Leben zusammen verbringen. Klopf doch einfach mal an meine Tür. Ich würde dir gerne helfen. Geh nicht immer nur auf Partys und feiern. Das ist nicht unsere Zukunft. Ich bin müde und kann nicht mehr. Mein Herz schlägt nur für dich, aber du bist schon wieder dabei, alles zu zerstören. Wir sind gereist, ich habe dir die Zeit gelassen, die du haben wolltest, und jetzt, wo wir am Ziel unserer Odyssee sind, willst du wieder einmal über Bord gehen. Ich weiß nicht, ob ich dich noch einmal fangen kann. Gerne würde ich für unsere Liebe kämpfen, aber ich bin müde und vor allem flirtest du schon wieder mit so vielen Männern. Das tut so weh. Wie lange ich das noch verkrafte, weiß ich nicht. Ich bin müde, so unglaublich müde. So gerne würde ich mich ausschlafen. Vielleicht sind wir doch Romeo und Julia.

Freiheit und das süße Leben

Ich kann nicht mehr, ich kann nicht mehr. Du machst mich fertig. Jetzt bist du wieder verliebt, und das, obwohl ich dir mein Herz ausgeschüttet habe. Du trittst es mit Füßen. Was soll das? Du glaubst wirklich, dass dieser Junganwalt der Richtige für dich ist. Stolz erzählst du deinen Freundinnen, dass du gerade richtig glücklich bist und so gerne in die Schule gehst. Wie war das vor zwei Wochen? Die Nächte hast du durchgefeiert und wo war da dein Galan? Ja, du kennst ihn erst kurz, aber er ist nicht der Richtige. Ich habe dir mein Herz gegeben und was gibst du mir? Nichts, gar nichts. Ich hasse dich, du bist nicht die Richtige für mich. Egal, wie sehr ich dich liebe, du liebst das Leben.

Ich hasse dich, ich kann nicht mehr, ich bin müde. Julia, wir könnten uns immer lieben, wären nur die Umstände nicht, aber ich kann alles ändern und wir können endlich frei sein, so wie du es dir immer gewünscht hast. Wahre Liebe siegt über alles und dein Anwalt kann dir doch nicht das geben, was du dir wünschst. Ich weiß, wie ich dir das geben kann, was du willst. Endlich weiß ich, wie wir zusammen glücklich sein können, für immer. Meine Julia, unser Balkon, das ist meine schönste Erinnerung an die gemeinsame Vergangenheit. Wir werden frei sein und es wird egal sein, dass wir aus verschiedenen Familien sind oder du gerade erst wieder beschlossen hast, dass du zur Schule gehen willst. Ich weiß, wie wir frei sein können. Wir werden zusammen sein, für immer und bis ins nächste Leben.

Ich halte es nicht mehr aus, dass du mein Herz mit Füßen trittst. Ich habe dir das Paradies angeboten, aber warte nur, warte! Wir werden frei sein und was füreinander bestimmt ist, darf der Mensch nicht trennen. Der Mensch darf es zusammenfügen und ich werde es fügen. Alles fügt sich und wahre Liebe findet einen Weg. Ich habe lange genug gewartet und du hast viel zu oft geweint. Es wird Zeit, endlich wird es Zeit. Wir werden glücklich sein, unsere Seelen werden sich wiederfinden und wir werden wandern. Du liebst doch das Wandern so sehr. Wir werden reisen. Du liebst doch auch viele Reisen und am Ende werden wir lieben und du liebst doch so gerne. Endlich habe ich unseren Kelch gefunden und ich werde ihn mit dir teilen. Endlich können wir glücklich sein. Julia, du bist meine Liebe, du warst mein Leben und am Ende werden wir für immer vereint sein. Endlich! Ich sehne mich schon so lange danach, dich in meinen Armen zu halten und dich zu küssen. Es dauert nicht mehr lange. Es ist Zeit.

Ich liebe dich und ich bin müde. Wir können uns ausschlafen und die Turbulenzen der vergangenen Wochen vergessen. Der Anwalt wird einsehen müssen, dass ich deine Liebe bin und wir füreinander bestimmt sind. Es wird endlich so werden, wie wir es immer geträumt haben. Das Paradies wartet auf uns und ich werde die Schlange bekämpfen. Wir werden nicht die verbotene Frucht essen. Wir werden Nektar trinken und lachen.

Vergossene Tränen werden gesammelt und sind der Nektar für uns. Sie werden besser schmecken als jeder Wein, weil jede Träne mit Liebe verbunden war. Endlich werden wir verbunden sein. Unser Schicksal wird eines werden. Vergessen sind Romeo und Julia. Wir erzählen unsere eigene Geschichte.

Liebe gewinnt immer und sie findet immer einen Weg. Vergessen sind Galane und Kavaliere oder Charmeure. Francesco, Jacques, wie sie auch alle heißen mögen, ich habe gewonnen, ich habe sie für immer. Wir werden zusammen sein und uns den Sonnenaufgang und den Sonnenuntergang ansehen. Ich liebe dich und ich gebe dir das Geschenk, nach dem du dich immer gesehnt hast. Du wirst frei sein, frei wie ein Schmetterling, und wir werden fliegen, hoch über den Wolken, wir werden fliegen. *Ich liebe dich.*

KATE!

Ich kann nicht mehr. Du siehst mir ins Gesicht und lachst mich an. Du scheinst glücklich zu sein. Ich werde dir helfen, dass dieses Glück ewig ist. Ein Abschied ist immer wieder ein Neubeginn. Wir sollten unsere Seelen erlösen.

> *Ihr verblühet, süße Rosen,*
> *Meine Liebe trug euch nicht;*
> *Blühtet, ach, dem Hoffnungslosen,*
> *Dem der Gram die Seele bricht!*
> *Jener Tage denk ich trauernd,*
> *Als ich, Engel, an dir hing,*
> *Auf das erste Knöspchen lauernd*
> *Früh zu meinem Garten ging,*
> *Alle Blüten, alle Früchte*
> *Noch zu deinen Füßen trug,*
> *Und vor deinem Angesichte*
> *Hoffnung in dem Herzen schlug.*
> *Ihr verblühet, süße Rosen,*
> *Meine Liebe trug euch nicht;*
> *Blühtet, ach, dem Hoffnungslosen,*
> *Dem der Gram die Seele bricht!*

Johann Wolfgang von Goethe

Du hast doch Goethe so geliebt und jetzt weiß ich, was ich an dir habe. Mein Herz, mein Schmetterling, meine

Muse, und wie glücklich bin ich jede Nacht, wenn du mir im Traum erscheinst. Mein Ende ist mit deinem Ende gekommen. Ich weiß, wir werden uns wiedersehen, mit Glück und ewigem Leben, endloser Liebe.

Unsere schönen Tage, unser Leben, unser Glück, unsere Liebe, der Klang deines Namens, der Klang deiner Stimme – alles trage ich in meinem Herzen und dein Geist, deine Seele, deine Lebensfreude machen unsere Liebe unendlich und zugleich unsterblich.

Unsere Unsterblichkeit ist gekommen. Wir werden im Garten Eden sitzen und Nektar trinken, endlich! Wiedervereint bis an unser Ende, Unsterblichkeit gefunden, ewige, wahre Liebe!

Ich komme, meine Geliebte, ich eile zu dir. Unsere Rosen werden blühen und unsere Liebe wird gedeihen. Ich komme, ich eile, ich sehe dich, ich bin bald bei dir, meine schöne Geliebte.

Schülerin brutal von Professor ermordet

Kate W. (25) wurde vor ihrem Wohnheim brutal von ihrem Lehrer niedergestochen. Zeugen berichten, dass er schrie: „Julia, im Tode sind wir für immer vereint!" Er wollte sich anschließend selbst das Leben nehmen und trank eine Flasche Wodka versetzt mit einem Pflanzengift. Das Gift war jedoch zu schwach und der verrückte Professor wurde ins LKH eingeliefert. Er überlebte und sitzt nun in Untersuchungshaft. Mit Spannung wird die Anklageerhebung erwartet.

Die Schülerin Kate W. (25) wurde am 27. August 2019 von ihrem Lehrer brutal niedergestochen. Der Professor unterrichtete seit Kurzem in der Schule von Kate W. Die Schülerin hatte sich dazu entschlossen, über den zweiten Bildungsweg ihre Matura nachzuholen, und wollte danach studieren, doch so weit kam es nicht. Hans-Peter Y. (es gilt die Unschuldsvermutung) stach sie brutal vor ihrer Wohnung nieder und schrie immer nur: „Julia, Julia, Julia, erst im Tode sind wir für immer vereint."

27 Messerstiche hat die Obduktion der Schülerin ergeben, sie hatte keine Chance. Die Polizei geht von einem Verbrechen aus Leidenschaft aus. Wie erst kurz vor Redaktionsschluss bekannt wurde, war der Professor ein Stalker, der die junge Frau verfolgt hatte.

Sie hatte viele Reisen unternommen und in den gleichen Hotels, wo Kate lebte, stieg auch der verrückte Professor ab. Er führte ein Tagebuch, in dem er sie als seine Muse beschrieb und auch Gedichte, die an sie gerichtet waren. Eine Veröffentlichung des Tagebuchs schließt die Polizei derzeit aus. Der Ort, an dem Kate lebte, ist tief betroffen über den Verlust. Sie wurde als lebenslustig, attraktiv und aus gutem Hause beschrieben. Beide Eltern engagieren sich sehr im Vereinsleben der Gemeinde, in der auch der Professor bis vor Kurzem lebte.

Epilog

Nachruf auf Kate – dieses Mal nicht vom Stalker, sondern von der Autorin

Es war einmal ein schönes junges Mädchen, das behütet auf dem Land aufgewachsen war und ein gutes Leben geführt hatte. Eines Tages machte sich dieses Mädchen auf, um die Welt kennenzulernen und über ihren Gartenzaun zu blicken. Leider erblickte sie dabei nicht ihren Nachbarn, der ein Auge auf sie geworfen hatte, sonst würde dieses hübsche junge Mädchen vielleicht heute noch leben. Kate war kein perfektes Kind, sie hatte immer eigenständige Gedanken und viele Männergeschichten, aber ich glaube, insgesamt war sie glücklich. Sie hat nur eine Suche angetreten, die lange dauert und einen gewissen Reifeprozess erfordert. Ob sie es geschafft hätte, werden wir leider nie erfahren, da Kate nicht die Chance bekam, zu beweisen, dass ihr letzter eingeschlagener Weg der richtige war.

Dieser Weg wurde bewusst gewählt, da es immer mehrere Pfade gibt, die man beschreiten kann. Eine Ausbildung ist ein Weg, ein Jobwechsel ein anderer, die Beziehung zu hinterfragen ein weiterer. Insgesamt gibt es endlos viele Möglichkeiten. Ein bisschen Kate steckt wohl in allen von uns, in manchen etwas mehr, in anderen etwas weniger. Generell erlebt man im Leben viele Prozesse, die eine gewisse Anpassung erfordern. Einer der schwierigsten ist das „Erwachsenwerden". Man genießt den Moment und sucht sich selbst und weiß auch nie, ob man das findet, was man sucht. Plötzlich soll auch noch Verantwortung übernommen werden!

Jedes Mädchen bzw. jede Frau kennt auch die schwierige Situation, dass sie jemandem gefallen möchte. Aber wie erkennt man den Traumprinzen, wenn man immer wieder verschiedene Kandidaten vorgeführt bekommt? Und nicht jeder potenziell interessante Prinz muss der Traummann sein! Was wollen Männer? Wir müssen nicht Bergmarathon laufen, dabei Strings tragen und unser Studium mit summa cum laude abschließen.

Wer träumt nicht davon, mit einem Italiener auf offener Straße zu tanzen, und fragt sich regelmäßig, ob es das alles wert war, was man erlebt und gemacht hat?

Kate, du hast es schon richtig gemacht, du hast deinen Glaspalast verlassen, Reisen unternommen und am Ende deinen Weg gefunden. Ob es der richtige Pfad gewesen wäre, weiß niemand. Man soll nicht vom Leben träumen. Die interessantesten Geschichten spielt das Leben selbst. Also raus in die Welt und Abenteuer erleben!

Kate, Ruhe in Frieden.

An den Mond

Füllest wieder Busch und Tal
Still mit Nebelglanz,
Lösest endlich auch einmal
Meine Seele ganz;
Breitest über mein Gefild
Lindernd deinen Blick,
Wie des Freundes Auge mild
Über mein Geschick.
Jeden Nachklang fühlt mein Herz
Froh- und trüber Zeit,
Wandle zwischen Freud' und Schmerz
In der Einsamkeit.
Fließe, fließe, lieber Fluß!
Nimmer werd' ich froh;
So verrauschte Scherz und Kuß
Und die Treue so.
Ich besaß es doch einmal,
was so köstlich ist!
Daß man doch zu seiner Qual
Nimmer es vergißt!
Rausche, Fluß, das Tal entlang,
Ohne Rast und Ruh,
Rausche, flüstre meinem Sang
Melodien zu!
Wenn du in der Winternacht
Wütend überschwillst
Oder um die Frühlingspracht
Junger Knospen quillst.
Selig, wer sich vor der Welt

Ohne Haß verschließt,
Einen Freund am Busen hält
Und mit dem genießt,
Was, von Menschen nicht gewußt
Oder nicht bedacht,
Durch das Labyrinth der Brust
Wandelt in der Nacht.

Johann Wolfgang von Goethe

Nachwort

Ich widme dieses Buch jenen Menschen, die mich begleitet haben, in guten wie in schlechten Tagen. Hier ist nicht ein Jemand gemeint, sondern ganz viele interessante Menschen. Egal, ob es meine beste Freundin ist, die ich mal wieder anquatsche, meine Eltern, die immer hinter mir stehen.

Und ich hatte sehr viele gute, leider (auch) viele schlechte Tage in meinem Leben. Aber gerade die negativen Erfahrungen sorgen dafür, dass man das Leben hinterfragt, reflektiert und seinen eigenen Weg weitergeht. Für mich war es immer ein Traum, mein eigenes Buch zu schreiben, meinen Namen auf dem Buchcover zu lesen.

Ein wenig kann ich mich auch mit der Hauptfigur identifizieren, da ich auch viele Wohnorte bewohnt habe und irgendwann entschieden habe, neu zu beginnen. Ob es klappen würde, wusste ich damals nicht. Ich hatte nur die Gegenwart im Hinterkopf, dass es schlimmstenfalls gleich bleibt, ich wieder ins Berufsleben zurückkomme, es aber nicht schlechter wird. Ich sah es als neue Herausforderung oder gar als eine Perspektive.

Über die Autorin

Anneliese Kreiseder wurde 1982 in Gmunden (Oberösterreich) geboren und erhielt als Jungautorin die Gruppendotation des Luitpold-Stern-Preises. Nach der Berufsreifeprüfung an der HAK Gmunden absolvierte sie diverse Ausbildungen im Marketing und Projektmanagement und schloss 2011 die OÖ Journalistenakademie ab. 2009 zog sie zum Studium der Medien- und Kommunikationswissenschaften und Angewandten Kulturwissenschaften an der Alpen-Adria-Universität nach Kärnten. Von 2016 bis 2019 war sie im Museum Moderner Kunst Kärnten tätig. Danach wechselte sie in die öffentliche Verwaltung.

2019 erschien die Kurzgeschichtensammlung „Wanderwunderwelt" (Verlag SchriftStella).

2014 wurde ihre Kurzgeschichte „Single Bells" in der Anthologie „Ent(z)weihnachtet – garantiert unbesinnliche Weihnachtsgeschichten" (Malandro Verlag) veröffentlicht.

2012 feierte sie ihr Romandebüt mit „An meine geliebte Kate". Dieses Werk wurde überarbeitet und erscheint nun in der 2. Auflage.